POINT DE RETOUR

Texte français de Sidonie Van den Dries

SCHOLASTIC

Catalogage avant publication de Bibliothèque et Archives Canada

Stratton, Allan
[Way back home. Français]
Point de retour / Allan Stratton; texte français
de Sidonie Van den Dries.

Traduction de : The way back home.
ISBN 978-1-4431-6806-9 (couverture souple)
I. Dries, Sidonie Van den, traducteur II. Titre.
III. Titre : Way back home. Français.

PS8587.T723W3914 2019 j813'.54 C2018-905009-8

Publié initialement en anglais par Andersen Press Limited (Londres).

Édition publiée par les Éditions Scholastic, 604, rue King Ouest, Toronto (Ontario) M5V 1E1 CANADA.

5 4 3 2 1 Imprimé au Canada 139 19 20 21 22 23

Pour Charlie Sheppard

1

Maman court dans tous les sens comme une folle pour essayer de rendre notre salon présentable. Bonne chance! On a beau accrocher des tableaux de paysages bon marché à la place des photos de mannequins, recouvrir les sèche-cheveux de draps en nylon et poser des plateaux de bretzels sur les lavabos, un salon de coiffure reste un salon de coiffure.

Du lundi au samedi, les «filles» de maman — «Ne les appelle pas *mes clientes!*» — bavardent autour du coin-repas ou regardent la télé, la tête dans les casques séchoirs. Mais aujourd'hui, c'est dimanche et on attend des invités. J'aide papa à remonter le tapis de son bureau d'assurance, au sous-sol. Il a atterri en bas parce que maman en avait marre d'aspirer des cheveux sur un tapis à poils longs à longueur de journée.

Le tapis sent encore plus mauvais que les aisselles du directeur de mon école. Je ne sais pas si c'est à cause du béton humide ou des pieds moites de papa, qui enlève ses chaussures dès qu'il est stressé. Heureusement qu'il y a l'odeur des revitalisants et des fixatifs, et celle des gommages pour les pieds à la menthe poivrée de maman!

Je déroule le tapis pendant que papa va chercher le canapé-lit dans la chambre d'amis, pour qu'on puisse faire semblant d'avoir un canapé. Maman, plantée devant un miroir, est trop occupée à tripoter sa perruque pour s'intéresser à nous. Elle souffre d'alopécie, ce truc qui fait tomber les cheveux. Vu qu'elle est coiffeuse, mon prof d'anglais appellerait ça de l'ironie. Moi, je dis que c'est le karma.

— Est-ce que ma perruque est bien mise? me demande-t-elle.

— Très bien. Ça se voit à peine.

— Mais ça se voit?

— Seulement si on fait attention.

Elle me fusille du regard. Je change de sujet :

— À quelle heure ira-t-on chercher Mamie?

— On n'ira pas la chercher, m'informe papa, qui revient en poussant le canapé-lit sur ses roulettes.

— Pourquoi? Elle soupe toujours avec nous le dimanche soir.

— Ce soir, c'est un peu spécial, dit-il en plaçant le meuble entre les séchoirs à cheveux. On ne veut pas qu'elle contrarie oncle Chad et tante Jess...

Je manque de m'étrangler.

— C'est à cause d'*eux* qu'on n'invite pas Mamie?

— Je n'en peux plus de voir sa robe écossaise et son gilet noir dégoûtants, répond maman en tirant sur l'arrière de sa perruque. Dieu sait combien de fois j'ai essayé de les laver...

— Si tu insinues que Mamie sent mauvais, c'est faux! Les personnes âgées ne transpirent pas.

— Ce n'est pas seulement ça, intervient papa. On ne peut jamais prévoir ce qu'elle va dire...

— La vérité. Mamie dit toujours ce qu'elle pense.

— Non, elle parle sans réfléchir. C'est bien ça, le problème.

Papa s'évente les aisselles avec un magazine de mode.

— Assez parlé de ta grand-mère! tranche maman. Va t'habiller.

— Je ne suis pas nue, je te signale.

— Ta cousine ne viendra pas en jeans. Tu aurais mieux fait de garder ta tenue d'église.

— Et mourir? D'ailleurs, à mon âge, on ne devrait plus être obligé d'aller à l'église.

— Arrête de discuter! réplique papa.

— Et toi, arrête de me parler comme si j'avais trois ans!

— Quand tu arrêteras de te comporter comme une gamine.

Je me fiche de ce que tu penses. Je regagne ma chambre en tapant des pieds.

— Qu'est-ce qu'elle a en ce moment? demande papa, comme si j'étais sourde. Tu crois qu'elle a un problème?

— Ouais, c'est ça! Ma *vie* est un problème! dis-je par-dessus mon épaule avant de claquer la porte.

L'été dernier, ils m'ont confisqué mon téléphone et m'ont privée de sortie pour des trucs que je n'avais même pas faits. Maintenant, ils sont sans arrêt sur le dos de Mamie. Et ils se demandent pourquoi je suis sur les nerfs…

Ce soir, ça va être pénible. Si Mamie était là, on se ferait du pied sous la table en se retenant de rire. Sans elle, je ne sais pas comment je vais supporter ça. Je lui téléphone.

— Salut, Mamie.

— Ma puce! Je pensais à toi.

— Moi aussi. Désolée, on ne va pas se voir, ce soir.

— On devait se voir?

— Ouais, mais je ne peux pas à cause de papa et maman. Je passerai demain, comme d'habitude.

— D'accord. Je te garde une place sur la balancelle.

Je souris.

— Je t'aime, Mamie.

— Moi aussi, je t'aime, ma chérie!

On raccroche et, pendant une seconde, je suis heureuse. Puis j'ouvre mon armoire. *Soupir.*

J'envoie un texto à ma cousine Madi : «Tu mets quoi ce soir?»

Pas de réponse. Elle doit être en train de texter avec un million d'amis pour commenter la super-fête d'hier soir à laquelle je n'étais pas invitée. Je lui souhaite d'attraper des crampes aux pouces!

J'enfile l'horrible robe *Miss Junior* que maman m'a achetée. J'ai l'air d'une gamine de maternelle, en plus grande. Au moins, elle n'a pas appartenu à Madi. À l'école, tout le monde sait que je récupère ses vêtements, surtout quand elle lâche des remarques du genre : «Est-ce que j'avais aussi peu de poitrine?»

Madi est ma meilleure amie, sauf que je la déteste. Quand on était petites, elle décidait avec quels jouets j'avais le droit de jouer. Maintenant, elle décide avec qui je peux être amie, c'est-à-dire personne, à part les filles cool qui s'asseyent à sa table à la cafétéria. Sauf que ce ne sont pas mes amies. Elles ne m'invitent pas à leurs soirées, et je dois rire avec elles quand Madi se moque de mes vêtements usagés et de l'endroit où je vis.

Quelle ratée peut supporter ça?

Quelqu'un comme moi, apparemment. Je ressemble tellement à mes parents que ça me donne envie de vomir. Parce que, pour info, le fait qu'oncle Chad et tante Jess viennent souper chez nous est aussi incroyable que de voir des Martiens débarquer au Burger King. Mes parents prétendent que c'est parce que mon oncle Chad est très occupé à vendre des tracteurs et ma tante Jess, à organiser ses comités sociaux. Mais la *véritable* raison, c'est qu'on vit dans une maison mobile en métal près de l'autoroute, alors qu'ils habitent dans une rue où il y a des trottoirs et où les maisons en briques font deux étages.

Tante Jess ne vient même pas se faire coiffer par maman. Avec Madi, elles vont chez Sylvie à Woodstock, parce que « Sylvie n'est pas coiffeuse : c'est une styliste ». De plus, elle est née à Montréal et elle a un *je ne sais quoi* — les seuls mots de français que tante Jess connaisse.

Je rêve, ou maman m'appelle?

— Zoé, pour la dernière fois, viens ici! Ils arrivent.

Je rejoins mes parents près de la porte, et je me place derrière eux. Papa a mis le costume à chevrons qu'il porte quand on lui demande de lire les Écritures. Il tapote la poche de la veste où il a glissé la montre porte-bonheur de grand-papa.

Les Mackenzie frappent. Maman compte jusqu'à dix avant d'ouvrir, pour qu'ils ne devinent pas qu'elle les guettait par la fenêtre.

— Jess, Chad, Madi! s'exclame-t-elle, comme si c'était une surprise.

Apparemment, les Mackenzie n'ont pas eu l'info disant que c'était une soirée « habillée ». Ils portent ce que tante Jess appelle des tenues décontractées… et Madi porte un jeans. Un jeans de marque, mais quand même. Elle jette un coup d'œil à ma robe *Miss Junior* et plisse les yeux : « S'il te plaît, dis-moi que je n'ai jamais porté ça. »

Maman embrasse sa sœur comme si elle la retrouvait après des années de séparation — ce qui n'est pas tout à fait faux. Tante Jess jette un coup d'œil aux draps qui recouvrent les séchoirs.

— Il ne fallait pas vous donner tout ce mal!

— Pas de problème, répond maman, comme si sa sœur pensait ce qu'elle dit.

— Oh! Qu'est-ce que tu as fait à tes cheveux? enchaîne tante Jess.

— Bah, trois fois rien, balbutie maman en rougissant.

Oncle Chad tend une bouteille de vin à papa.

— Un petit quelque chose pour le souper.

Il parle de *leur* souper, car chez nous, on ne boit pas d'alcool. Enfin, sauf moi, apparemment. Je me traîne une réputation d'alcoolique invétérée depuis que j'ai apporté en cachette une demi-bière chez Madi, il y a deux ans. Une bière qu'elle m'avait donnée.

Papa prend quand même la bouteille, parce que c'est oncle Chad et tante Jess. Maman les invite à s'asseoir sur le canapé-lit;

papa et elle s'installent sur les sièges des lavabos. Avant, Madi et moi serions sorties devant la maison pour discuter. Mais depuis qu'on est à l'école secondaire, l'idée d'être vue chez moi lui donne des boutons — et réciproquement. Alors, on va dans ma chambre.

Madi ferme la porte et fixe son regard sur moi.

— Vous n'aurez pas l'argent!

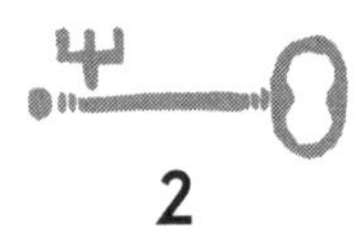

2

Je fais une grimace. *L'argent? Quel argent?*

Madi soupire comme si j'étais une pauvre abrutie.

— Pour que tes parents puissent racheter la boutique Tip Top Tailors. Ta mère veut déménager son salon sur Main Street. C'est pour ça qu'on est là. Tu n'es pas au courant?

— Si, bien sûr!

En fait, non. Ils ne m'ont rien dit.

Madi lève les yeux au ciel et se met à loucher. Si seulement elle pouvait rester comme ça!

— Tu mens trop mal! s'esclaffe-t-elle. Alors, voilà : ta mère a appelé la mienne pour nous inviter à souper, et maman a répondu « Si on allait plutôt au restaurant? », parce que bon, manger ici... Mais ta mère a dit que non, qu'il fallait que ça soit en privé, parce qu'elle et ton père voulaient demander un prêt à papa, et maman n'a pas osé lui dire : « Non, mais tu rêves ou quoi? »

Je n'en crois pas mes oreilles!

— Enfin, bref, enchaîne Madi, papa a dit à maman : « Si ta folle de sœur et son crétin de mari ne peuvent pas obtenir de prêt bancaire, ils n'ont qu'à mettre sa mère à la maison de retraite du comté, emménager chez elle et vendre leur trou à rats pour récupérer du fric.

— Ton père veut qu'on mette Mamie Bird à Greenview Haven?

— Et alors? Elle n'est pas tout à fait normale. Maman dit qu'elle a perdu la boule.

— Tante Jess a dit ça devant toi?

— Ce n'est pas un secret. Ta grand-mère ramasse les ordures.

— C'est faux. Mamie récupère des choses dont les gens ne veulent plus.

— Ouais. Ça s'appelle des ordures.

— Arrête. Mamie est parfaitement normale.

— Pour toi, peut-être. Mais demande à nos mères...

— Comme si c'était une référence.

— La mienne, oui.

— Elle se pense meilleure parce qu'elle a épousé oncle Chad. Mais Mamie est bien plus spéciale qu'elle.

— Ah, ça c'est sûr, elle est spéciale. Maman a tellement honte. Elle n'arrête pas de dire : « Quelle mouche a piqué Carrie pour qu'elle épouse un Bird? Si au moins elle n'était pas tombée enceinte! » Tu vois, c'est ça la différence entre nous. Moi, mes parents m'ont désirée.

— Les miens aussi.

— C'est peut-être ce qu'ils te disent, mais maman sait que c'est faux.

Madi examine ses ongles.

— À propos, j'ai essayé de trouver une façon sympa de présenter les choses, mais comme il n'y en a pas, je vais juste le dire comme ça : arrête de me parler à l'école, arrête de t'asseoir à ma table et ne t'approche plus de mon casier. OK?

Je sens la nausée m'envahir.

— Madi?

— Désolée d'être aussi franche, mais tout le monde pense que tu es nulle. Surtout Katie et Caitlyn.

— Katie et Caitlyn? Les filles qui étaient invisibles avant d'avoir des seins?

— Tu peux penser ce que tu veux, rétorque Madi. Mais moi, elles m'admirent. Alors, fiche-nous la paix.

— Mais on se connaît depuis qu'on est toutes petites…

— Tu n'es pas obligée de me le rappeler.

Pourquoi tu l'implores? Arrête!

— Et l'été dernier, quand ton cousin Danny est venu de Saskatoon? Qui a caché tes condoms? Et ton herbe? Moi! Dans ma maison de poupée, comme tu me l'avais demandé. Et quand papa et maman les ont trouvés, qui s'est fait engueuler? Qui a été privée de téléphone pendant deux mois? Et je ne t'ai pas dénoncée. Jamais.

— Normal. Si tu l'avais fait, je t'aurais traitée de menteuse, et tu aurais eu encore plus d'ennuis. Tu le sais très bien. Tu te souviens quand on jouait ensemble? Il suffisait que je me plaigne que tu m'avais frappée, et ta mère t'envoyait au coin? Trop drôle!

— Tu es tellement injuste.

— C'est comme ça.

— Tu parles comme ton père, parce que tu crois que ça fait

adulte. Sauf que tu as juste l'air d'une grosse lèche-bottes stupide.

Madi sourit à la manière de tante Jess.

— Tu es tellement immature. Et en parlant de ça, Ricky Saunders n'est pas du tout dans ta catégorie. Tu devrais arrêter de rêver.

— Qui t'a dit que je craquais pour Ricky Saunders?

— Arrête! Il suffit de voir comment tu le regardes, et comment tu baves quand il passe devant mon casier avec Dylan. Je te rappelle que Dylan est mon copain. C'est gênant.

Elle s'assied sur ma couette, sort son téléphone et commence à envoyer des messages textes. Je l'apostrophe :

— Dégage de mon lit, Lèche-bottes!

Elle explose de rire. Apparemment, un de ses amis a écrit un truc hilarant. «Oui, je lui ai dit», tape-t-elle en guise de réponse.

La moutarde me monte au nez.

— Tu crois que tu peux te moquer de moi dans *ma* chambre?

J'essaie de lui prendre son téléphone, mais elle esquive mon geste.

— Arrête, ou je crie!

— À table! appelle maman au fond du couloir.

* * *

On s'entasse autour de la table de la cuisine. Oncle Chad a un ventre de buveur de bière et tante Jess est bien rembourrée. Du coup, j'ai du mal à bouger les coudes. Papa dit le bénédicité. J'ai envie de hurler.

Pendant la demi-heure suivante, Madi se trimballe une auréole si énorme que je m'attends presque à voir sa tête s'écrouler. Elle se tient bien droite, dit « s'il vous plaît » et « merci », et mange même son navet. Oncle Chad et tante Jess parlent de tracteurs et du comité de la foire d'automne qu'elle organise.

Maman et papa se taisent. Ils hochent la tête comme des zombies sous amphétamines. Je parie qu'oncle Chad leur a parlé du prêt. Après le dessert, il repousse sa chaise et tapote son ventre comme pour faire roter un bébé.

— Merci Carrie! C'était un sacré repas.

— Oui, c'était délicieux, tout simplement charmant! renchérit tante Jess en jetant un coup d'œil à sa montre. Oh, regardez l'heure!

Il n'est même pas huit heures, mais qui a envie de s'attarder après un enterrement? Nous les raccompagnons à la porte.

— Il faudrait vraiment qu'on fasse ça plus souvent, susurre tante Jess.

— C'est vrai, répondent maman et papa.

On dirait qu'ils se retiennent de vomir. Oncle Chad presse le bras de papa.

— C'est comme ça.

Papa hausse les épaules comme un idiot.

— Bah, on trouvera bien un moyen. Quand on veut, on peut...

Oncle Chad le regarde avec pitié.

— C'est ce qu'on dit...

La porte se ferme. Maman sort un mouchoir de sa manche. Papa enlève ses chaussures. Je me campe devant eux, les mains sur les hanches.

— Quand est-ce que vous comptiez m'en parler?

— De quoi? demande maman en se tapotant les yeux.

— De Tip Top Tailors. De déménager le salon. Excusez-moi, je ne fais peut-être pas partie de la famille?

— Tu écoutes aux portes?

— C'est Madi qui m'en a parlé. Elle dit aussi que Mamie a perdu la boule, que papa est un crétin et toi, une folle.

— Comment oses-tu nous parler comme ça?

— Je répète ce qu'elle a dit.

— Arrête de dire du mal de ta cousine! intervient papa. Madi s'est bien tenue.

— Satan aussi se tient bien.

— File dans ta chambre!

— Seulement quand tu m'auras dit ce qui va arriver à Mamie.

Les orteils de papa se crispent.

— Il ne va rien arriver à ta grand-mère.

— Y a pas intérêt!

Je me précipite dans ma chambre. J'ai peut-être l'air dure à cuire, mais j'arrive à peine à respirer.

3

Le lendemain, Lèche-bottes se pavane dans les couloirs de l'école avec ses amies Katie et Caitlyn, alias les lèche-bottines. Je les imagine dans les bois, pourchassées par des psychopathes armés de tronçonneuses. Je croise aussi Ricky Saunders. On ne se parle jamais, parce qu'il est en 5e secondaire et super cool, mais il me sourit souvent. Avant, j'imaginais que ça voulait dire quelque chose. Aujourd'hui, je me demande s'il est au courant que je craque pour lui, et s'il trouve ça drôle. Je détourne les yeux.

À midi, j'entre dans la cafétéria en regardant droit devant moi. Quand je passe devant la table de Lèche-bottes, les filles gloussent en chœur. Je fais comme si je n'avais rien remarqué.

Est-ce que tout le monde me regarde? À quoi pensent-ils? Qu'est-ce qu'ils disent?

Je me dirige nonchalamment vers une table au fond de la salle. Emily Watkins, qui est en train de coller des crottes de nez sous sa chaise, lève la tête à mon arrivée.

— Qu'est-ce que tu fais là? me demande-t-elle comme si je m'étais perdue.

— Je viens manger. Enfin, c'est ce que j'avais prévu...

En face d'elle, Eric, le revendeur de drogue de l'école,

tambourine sur son sac à dos. Il est toujours tellement défoncé que quand les profs font l'appel, il croit qu'on lui pose une question piège.

Les gens rient. *Est-ce qu'ils se moquent de moi?* Ma poitrine et mes doigts me picotent. Je bombe le torse et je fais demi-tour, l'air indifférent. Je balance mon dîner dans la poubelle et je vais me réfugier dans les toilettes des filles. Quand la cloche sonne, je ne peux pas me résoudre à retourner en classe. Je sors en trombe, je récupère mon vélo et je fonce chez Mamie.

***

Mamie vit dans une grande maison à deux étages en brique jaune, avec un immense jardin, un belvédère, une véranda qui fait tout le tour et qui a presque tous ses volets. Maman trouve qu'on dirait une maison de pouilleux. Ce n'est pas la faute de Mamie si papa est aussi maladroit. Quand il a voulu réparer le toit, il s'est trompé dans la taille des bardeaux et il a mis du goudron partout. En repeignant les cadres des fenêtres, il a fait couler de la peinture sur les briques. Et il affirme que le jardin est trop grand pour qu'il puisse le tondre et l'arroser toutes les semaines. Du coup, c'est hyper moche.

Si mes parents embauchaient des gens, tout irait bien, seulement ils n'ont pas les moyens. Alors dans ce cas, ils ne devraient pas se plaindre. Au moins, Mamie ne vit pas dans un salon de coiffure. Sa maison a même un nom : la maison des Oiseaux. Ce n'est pas à cause des bains et des mangeoires, mais parce qu'elle appartient à la famille Bird depuis les années

1920. Mamie et grand-papa sont venus habiter ici pour s'occuper de mon arrière-grand-père, quand papa avait sept ans.

Je laisse mon vélo contre la porte. Mamie est sur la balancelle, vêtue de sa robe écossaise et de son gilet noir. C'est un peu son uniforme, avec le sac à main en cuir rouge qu'elle porte sur l'épaule pour ne pas oublier où elle l'a mis. Elle y range son portefeuille, ses clés de voiture, des mouchoirs, des surprises, et le téléphone que mes parents lui ont acheté, au cas où elle tomberait et ne pourrait pas se relever.

Quand elle me voit, ses yeux s'éclairent.

— Zoé! s'écrie-t-elle. Quel est le mot magique?

Je suis trop vieille pour jouer à ça, mais ça lui fait tellement plaisir...

— Crème.

— Brûlée!

Mamie me serre dans ses bras.

— Tu veux entrer?

— Pourquoi? On n'est pas bien ici?

Ce n'est pas la faute de Mamie, mais sa maison sent le vieux. Les bons jours, l'air est épais et sucré comme dans un pot de biscuits. Les autres jours, c'est une autre histoire... Mamie oublie souvent de vider les pièges à souris. C'est papa qui s'en charge, une fois par semaine, lorsqu'il vient récupérer son courrier.

Je m'installe près d'elle sur la balancelle. Quand j'étais petite, je rampais dessous et je comptais les perce-oreilles enroulés dans les trous des vis.

— Alors? Qu'est-ce que mon petit oiseau va me dire

aujourd'hui? me demande Mamie.

J'ai envie de lui répondre quelque chose d'amusant, mais je n'y arrive pas. Je pose la tête sur son épaule et je lui raconte comment Madi m'a virée de sa table, à la cafétéria. Ma place n'était peut-être pas à cette table, mais c'était la seule chose un peu cool que j'avais.

— Tu n'as pas besoin de Madi, me dit-elle. Fais-toi d'autres amis.

Je renifle.

— Qui voudrait de moi?

— N'importe qui, pourvu qu'il ait un cerveau.

— Pourquoi?

— Parce que tu es bonne, gentille et loyale, et que tu as le plus grand cœur du monde.

— Tu dis ça pour me consoler.

— Tu traites ta grand-mère de menteuse? Tu connais beaucoup de petits-enfants qui rendent visite à leurs grands-parents tous les jours? Alors, oublie ce vilain crapaud de Madi. Les Mackenzie sont persuadés qu'ils valent mieux que les autres. Tu veux savoir pourquoi ils avaient fermé le cercueil du grand-oncle de Madi, le jour de son enterrement? Il a perdu connaissance sur la voie ferrée parce qu'il avait trop bu, et il a fini en cinq morceaux. Ils n'ont jamais retrouvé ses pieds.

J'ai entendu cette histoire un million de fois, mais elle me fait toujours rire.

— Qu'est-ce qu'ils sont devenus, à ton avis?

— Deux chiens les ont dévorés et ils sont morts empoisonnés.

Ou alors, ton oncle Chad les a cachés dans le congélateur pour avoir un souvenir. Ou ta tante Jess en a fait de la soupe.

— Ah! C'est pour ça que Madi est tellement casse-pieds!

Mamie se frappe la jambe.

— Bien dit!

On regarde son jardin. J'adore les bains d'oiseaux, surtout après la pluie, quand les rouges-gorges et les geais viennent s'éclabousser. J'aime les poussettes de bébé et mon vieux camion Tonka, que Mamie a transformés en jardinières. Il y a aussi Fred, le mannequin coiffé d'un bonnet de bain, allongé dans sa brouette, et le moulin à vent de l'ancien mini-golf. Tous ces objets ont une histoire, même les nids d'oiseaux qui tapissent la véranda.

Aujourd'hui, il y a quelque chose de nouveau. J'interroge Mamie :

— D'où il vient, ce tricycle?

Elle fronce les sourcils.

— Ah! ça, c'est un mystère! Quelle est votre théorie, inspecteur Bird?

— C'est un enfant qui l'a laissé là?

— Je me demande où il est passé…

— Peut-être qu'il a été kidnappé par le camion de crème glacée.

Je cligne des yeux et ajoute :

— Allons voir au Tastee Freeze. Je parie qu'on le trouvera dans un sundae au chocolat.

Mamie rigole. Elle me tapote le genou, et on se dirige vers

sa vieille Corolla. La portière du passager ne ferme pas, car elle est toute cabossée. Mamie l'a attachée à la porte arrière avec un collier pour chien.

— Qu'est-ce qui est arrivé à ta portière, Mamie?

— Un type a dû me rentrer dedans sur le terrain de stationnement.

On s'en va en ignorant les bruits de ferraille. Mamie est prudente. Elle roule lentement, et quand on approche des voitures stationnées, elle va au milieu de la chaussée. Un type klaxonne derrière nous. Mamie se gare le long du trottoir pour le laisser passer.

— Ah, les gens, aujourd'hui!

Ses lèvres bougent, comme si elle récitait une liste d'épicerie.

— Mamie?

Elle me fait «chut» de la main.

— Attends, je réfléchis... On va quelque part.

— Oui. Au Tastee Freeze.

— Mais oui, bien sûr! Au Tastee Freeze.

Elle tapote le volant du doigt.

— Deux rues plus haut, à gauche, dis-je.

— Je sais. Ta grand-mère est un peu distraite, c'est tout!

Au Tastee Freeze, Mamie reste dans la voiture pendant que je commande nos sundaes. Elle me regarde manger le mien, puis me donne le sien.

— Allez, il faut y aller! me presse-t-elle.

— Mais on vient d'arriver.

— On ne peut pas faire confiance aux gens, de nos jours.

Dès que tu as le dos tourné, on te cambriole.

En arrivant dans l'allée de Mamie, je réfléchis. Quand je rentre à la maison en l'absence de maman et papa, j'ai toujours peur que des meurtriers soient cachés dans les placards. Du coup, je lui propose :

— Tu veux que je t'aide à fouiller partout, pour vérifier que personne n'est entré?

— Dieu te bénisse!

La maison de Mamie est aussi encombrée que ma chambre, dans un genre différent. Chez elle, c'est plein d'antiquités hippies et de trucs qu'elle garde «juste au cas où».

Elle vérifie le rez-de-chaussée pendant que je m'occupe de l'étage. Je commence par sa chambre. Sans vouloir être méchante, Mamie *devrait* laver ses draps. En même temps, si on ne peut pas vivre comme on l'entend quand on est vieux, quand le fera-t-on?

Pour m'amuser, je regarde dans ses placards, ses armoires, et même sous son lit, où elle conserve ses albums. Sa table de nuit croule sous les photos encadrées : de grand-papa, de moi, de papa et maman, et d'oncle Teddy quand il était petit.

Oncle Teddy avait douze ans de plus que papa. Il est mort avant que Mamie et grand-papa emménagent ici pour s'occuper de mon arrière-grand-père. Une fois, j'ai demandé à Mamie ce qui s'était passé. Elle a fondu en larmes et a quitté la pièce. Papa m'a conseillé de ne pas insister, alors j'imagine qu'il lui est arrivé un truc horrible. Peut-être qu'il s'est suicidé. En tout cas, c'était sûrement son fils préféré, parce que la photo est couverte de traces de doigts.

— Tout va bien en bas! me crie Mamie.

— Tout va bien ici aussi!

Je la retrouve dehors, appuyée contre la balustrade de la véranda.

— Quand tu es vieille, ils veulent que tu partes.

— Pas moi, Mamie.

— Je sais, ma puce.

Elle me fait un câlin. Je voudrais qu'elle ne me lâche jamais.

4

Au déjeuner, maman brandit sa fourchette vers papa.

— Jess et Chad ont raison. Regarde ce tas de cartes près de la cuisinière de ta mère. Sa maison pourrait prendre feu n'importe quand. Les gens diraient qu'on aurait dû faire quelque chose.

— Tu exagères, dit papa, qui n'a pas remis ses chaussures depuis dimanche.

— Oh non! Tu as de nouveau des petites cloques sous les pieds!

Je proteste :

— Hé! Je mange!

Maman m'ignore et demande à papa :

— Quand est-ce que tu as ouvert son frigo pour la dernière fois?

— Carrie, je ne peux pas faire ça.

— Pourquoi? Je parie que la moitié de ses provisions sont périmées. Imagine qu'elle meure d'une intoxication alimentaire?

Papa ferme les yeux. On dirait qu'il prie.

— J'irai y jeter un coup d'œil avant le dîner.

— Non. C'est moi qui vais y aller! Tu dis toujours que tu vas t'en occuper, mais tu ne le fais pas. D'ailleurs, en parlant de provisions, Heather Watkins l'a vue au magasin en robe de chambre.

Mensonge! Mamie ne quitte jamais sa robe écossaise.

— Tu m'as entendue, Tim? Heather Watkins a vu ta mère à l'épicerie en robe de chambre!

Maman surprend mon regard assassin.

— Quoi?

— Rien.

— Vas-y, dis-moi.

— Mme Watkins ferait mieux de s'occuper de ses affaires. Et avant de parler de Mamie, elle devrait empêcher Emily de coller ses crottes de nez sous les chaises de la cafétéria.

— Ça suffit, jeune fille!

— C'est toi qui me l'as demandé.

Maman pose bruyamment la vaisselle dans l'évier.

— La vérité, c'est que depuis la mort de ton grand-père, ta grand-mère déraille. Mais peu importe. Continue d'ignorer les évidences.

— Les évidences, c'est que tu veux faire enfermer Mamie pour récupérer sa maison et déménager ton stupide salon sur Main Street.

Maman pivote brusquement, les mains pleines de couverts. Je la défie :

— Vas-y. Poignarde-moi!

— Zoé! Carrie! intervient papa.

Maman se met à pleurer. Je prends mon sac à dos. Alors que je sors en tapant des pieds, papa tempère :

— Carrie, elle ne le pensait pas.

Il se trompe.

* * *

Je décide de ne pas aller à l'école. Si maman a décidé d'aller chez Mamie, il faut que je vide son frigo avant qu'elle débarque. Je laisse mon vélo devant la véranda, je frappe et j'entre.

— Mamie?

Pas de réponse. Elle devrait déjà être levée à cette heure-ci. Quelquefois, elle fait la sieste sur le canapé du petit salon, où grand-papa dormait quand il ne pouvait plus monter l'escalier. Mais aujourd'hui, elle n'y est pas. Je ne la trouve pas non plus dans le grand salon ni dans la salle à manger. Je jette un coup d'œil dans la cuisine. *Waouh! Ça pue!*

Je monte voir dans sa chambre, à l'étage. Les rideaux sont fermés. Mamie est allongée sur son lit, tout habillée. Je m'approche lentement, pour ne pas me cogner contre les boîtes ou m'écraser les orteils sur le nain de jardin.

— Mamie, je chuchote. C'est Zoé.

Elle s'assied toute droite.

— Zoé, qu'est-ce que tu fais là? Tu devrais être couchée depuis longtemps.

— Il est 9 heures du matin.

— Bonté divine! Il faut que je fasse pipi, dit Mamie en battant des paupières.

Elle se fraye un chemin jusqu'aux toilettes.

— Tu peux me tenir compagnie si tu veux.

— Ça va. Pourquoi ne fermes-tu pas la porte?

— J'ai besoin de voir où je suis.

Je descends à la cuisine pour résoudre le mystère de l'odeur infecte et cacher les cartes qui traînent près de la cuisinière. Les pièges à souris sont vides. Je verse du détergent dans l'évier, au cas où l'odeur de pourri viendrait de là, mais non. Sous une pile de dépliants publicitaires, je découvre un hamburger tout sec, mais ce n'est pas ça non plus. Je jette le tout dans un grand sac à ordures vert et j'ouvre le réfrigérateur.

Mamie me rejoint dans la cuisine.

— Tu cherches quelque chose?

— Non. Mamie, pourquoi tu ne jettes pas les déchets?

— Tu veux que je gaspille de la nourriture?

Les yeux plissés, elle regarde le comptoir près de la cuisinière.

— Je n'avais pas des cartes, là?

— Je les ai mises dans un tiroir.

— Pourquoi?

— Maman va venir. Elle n'aime pas voir des trucs traîner à côté de la cuisinière.

— C'est son problème. Quand on met des choses dans les tiroirs, elles disparaissent.

— Mamie, avant qu'on s'occupe des cartes, est-ce que tu veux jouer au jeu du frigo de l'inspecteur Bird?

— Qu'est-ce que c'est?

— En fait, ce jeu s'appelle *Qu'est-ce que c'était?* On montre les trucs du doigt. Si l'autre personne ne sait pas ce que c'est, on le jette. Par exemple, ce sac en plastique rempli de bouillie verte, qu'est-ce que c'était?

— Je donne ma langue au chat.

— Alors, poubelle!

Je le mets dans le sac à ordures.

— Attends. Je pourrais en avoir besoin.

— Pour quoi faire?

— Comment veux-tu que je le sache?

— Très bien. Je le remettrai quand maman sera partie.

Jamais de la vie!

— À ton tour. Choisis un truc que tu ne reconnais pas.

Mamie indique une casserole de soupe couverte d'une moisissure grise. Je fais la grimace.

— C'est la tête de maman si elle voit ça!

Mamie rit et fait une grimace encore plus horrible. On continue jusqu'à ce qu'on hurle de rire. Puis on jette de la viande-mystère dans des paquets gonflés d'air, des vieux œufs et du lait caillé. Quand on arrive aux vieilles bouteilles de ketchup, l'odeur n'a toujours pas disparu.

On inspecte les placards. Rien. Finalement, j'ouvre le four. Il y a un poulet cru dans un plat à rôtir.

Mamie applaudit.

— Bravo! Je me demandais où il était passé.

Au même moment, on frappe à la porte d'entrée.

— Coucou!

— Maman!

— Tim, Carrie! Quelle surprise! dit Mamie en allant ouvrir la porte. Zoé ne m'a pas prévenue de votre visite.

— Qu'est-ce que Zoé fabrique ici? Sainte Vierge, c'est quoi

cette odeur?

Je jette le plat dans le sac à ordures et j'essaie de le sortir par la porte de derrière, avant qu'ils arrivent. Le fond explose. Il y a des cochonneries partout.

Maman et papa entrent dans la cuisine. Papa ouvre et ferme la bouche comme un poisson rouge. Maman se couvre le nez avec un bras.

— Je vais vomir.

— Les toilettes sont au bout du couloir, dit Mamie.

— Je vais vomir, je vais vomir.

— J'ai entendu! Au bout du couloir. Ne vomis pas dans ma cuisine!

— Maman, papa, sortez! Je vais tout nettoyer. Ça va aller.

— Non, ça ne va pas aller! objecte maman. Tim, fais quelque chose.

— Quoi?

Papa transpire à grosses gouttes.

— Oui, quoi? demande Mamie. Que se passe-t-il?

— Comme si vous ne le saviez pas, s'étrangle maman.

— Je sais que tu es dans ma cuisine. Ce que je ne sais pas, c'est pourquoi.

— Maman..., commence papa.

— Il n'y a pas de *maman,* réplique sèchement Mamie. Zoé me rendait gentiment visite. Et voilà que Mademoiselle Ferguson débarque et menace de vomir dans ma cuisine.

Maman se tourne vers papa.

— Ça ne peut pas continuer.

— Qu'est-ce qui ne peut pas continuer? demande Mamie.

— ÇA!

Maman agite les bras.

— Allez savoir ce qui vit dans ces murs, dans ces meubles!

Je vole au secours de Mamie :

— Tu t'es déjà demandé ce qui vit dans ta perruque, maman?

— File à la voiture!

— Zoé reste ici! dit Mamie, prête à exploser de colère. C'est elle que j'ai invitée, pas toi! C'est toi qui dois partir.

Les yeux de maman lui sortent des orbites.

— Tim! Tu vas la laisser me parler comme ça?

Papa sue à grosses gouttes.

— Maman. S'il te plaît. Dis à Carrie que tu es désolée.

— Pourquoi? réplique Mamie. C'est *ton* problème, pas le mien. Fais-la sortir d'ici.

— Ouais.

Je me campe près de Mamie.

— Tout se passait bien avant votre arrivée.

— Zoé..., commence papa.

— C'est vrai! On a rangé les cartes. On a nettoyé le frigo. On a fait plein de trucs. Et puis vous êtes arrivés et ça a dégénéré.

— Zoé, si tu...

— Laisse-la tranquille! crie Mamie. Tu es bête comme une vache et tu as deux fois moins de charme.

— Il faut appeler quelqu'un! dit maman.

Mamie compose le 911 sur le téléphone mural.

— Va-t'en, ou je te fais arrêter pour violation de domicile! la menace-t-elle.

— Maman, pour l'amour du Ciel…, supplie papa.

— Allô, police? Oui, je… Je…

Mamie oscille d'avant en arrière. Elle devient toute blanche. Ses yeux s'agrandissent. Le récepteur lui tombe de la main. Elle s'effondre par terre.

— Mamie!

Elle ne bouge plus. Maman attrape le récepteur.

— Police! C'est une urgence…

Je prends la main de Mamie.

— Réveille-toi! Réveille-toi, s'il te plaît!

Papa bat des bras.

— Mon Dieu! Mon Dieu! Aidez-nous, mon Dieu!

L'instant d'après, Mamie est dans une ambulance, entre papa et moi. Maman nous suit avec la voiture. On traverse la campagne en trombe jusqu'aux urgences de l'hôpital du comté. Les ambulanciers emmènent Mamie sur une civière.

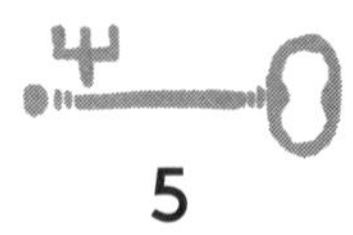

5

Ça fait des heures que je suis assise en face de papa et maman dans la salle d'attente. Il n'y a aucun bruit, à part un garçon au fond de la pièce qui se prend pour une voiture de course.

— Arrête ça. Arrête! dit sa mère à intervalles réguliers.

Papa se penche pour défaire ses lacets.

— On est en public, chuchote maman.

Il agrippe les accoudoirs comme dans l'avion en route pour le Mexique. Maman fait cliqueter ses ongles. Mes yeux leur transpercent le crâne : *C'est votre faute. Si Mamie meurt...* Non, mon Dieu, s'il te plaît, ne laisse pas Mamie mourir. Si elle s'en sort, je croirai en Toi pour toujours.

Un médecin franchit les portes battantes.

— La famille Bird?

Nous nous rassemblons autour de lui. Il nous serre la main.

— Je suis le docteur Milne.

— Est-ce que Mamie va bien? Qu'est-ce qui s'est passé? Comment va-t-elle?

Le docteur Milne me sourit comme le faisait papa autrefois.

— Ta grand-mère va bien. Elle est réveillée, elle parle, elle arrive à bouger. Et elle te réclame.

Il se tourne vers mes parents.

— Elle a des contusions, mais rien de cassé. On l'a mise sous perfusion. Elle était complètement déshydratée. Cela explique probablement sa chute. Tout devrait rentrer dans l'ordre, mais nous aimerions la garder en observation cette nuit.

— Bien sûr.

Nous passons les portes battantes derrière le docteur Milne et nous le suivons dans un couloir jusqu'à la chambre de Mamie. Elle est assise sur un lit, tout au fond de la pièce. Ses bras, qui sortent de sa chemise de nuit d'hôpital, ressemblent à des roseaux. Mes parents discutent avec le docteur pendant que je cours l'embrasser.

— Mamie!

— Zoé! Quel est le mot magique?

— Crème.

— Brûlée.

Elle rit.

— On m'a dit que j'ai fait une chute.

Je hoche la tête.

— Comment tu te sens?

— À ton avis? C'est quoi, cette chose enfoncée dans mon bras?

— Une perfusion. Le docteur a dit que tu étais déshydratée.

— Ah.

Mamie cligne des yeux.

— Tu sais, j'ai fait un rêve étrange. Je plantais des bulbes de tulipes avec Teddy. Il a mis les bulbes dans la terre. Je les ai couverts, et il a dit : « Est-ce qu'ils sont morts? » Quand je lui ai demandé pourquoi, il m'a répondu : « Parce qu'on vient de les enterrer. Est-ce qu'on doit prier, maintenant? » Alors, on a prié, et je lui ai expliqué : « Au printemps, ils renaîtront sous forme de fleurs. » Il m'a serrée dans ses bras et m'a dit : « Je veux être une fleur. » Puis je me suis réveillée et il y avait un docteur et des infirmières. Et maintenant, te voilà. Comme c'est étrange…

Je hoche la tête. *Qu'est-ce qui retient maman et papa si longtemps?*

Mamie me caresse la joue.

— Ton oncle Teddy était comme toi quand il était petit. Il avait un cœur d'or.

Mes parents arrivent enfin avec le docteur Milne.

— Tim, Carrie, quelle bonne surprise, dit Mamie.

Papa s'approche en traînant les pieds.

— Maman… le docteur voudrait te poser quelques questions.

— Quel genre de questions?

— Juste quelques questions pour voir comment vous allez, la rassure le docteur Milne.

Il prend place sur la chaise de l'autre côté du lit, appuie son bloc-notes sur son genou et sort un stylo.

— Zoé, tu devrais nous attendre dans le couloir, suggère maman.

Mamie écrase ma main.

— Zoé reste là. Si vous avez des questions, c'est mon témoin.

— Pourquoi auriez-vous besoin d'un témoin? demande

maman.

— Comme si tu ne le savais pas.

Le docteur Milne fait signe à mes parents de ne pas insister :

— C'est bon, elle peut rester.

Mamie regarde maman, l'air triomphant.

— Alors, docteur, que puis-je faire pour vous?

— Je me demandais si vous pouviez me dire quel jour on est.

Mamie plisse les yeux.

— On est aujourd'hui.

— Et quel jour est-ce?

— Le même jour que quand je me suis réveillée.

Le docteur Milne griffonne une note.

— Pouvez-vous me dire quelle est la saison?

Mamie jette un coup d'œil par la fenêtre.

— Eh bien, je ne vois pas de neige, donc je suppose qu'on n'est pas en hiver. C'est l'été?

— C'est l'automne, maman, dit papa.

— Tu crois que je ne le sais pas?

— Madame Bird, demande gentiment le docteur Milne, pourriez-vous s'il vous plaît compter à rebours à partir de cent, par bonds de neuf? Cent, quatre-vingt-onze, quatre-vingt-deux, et ainsi de suite?

— Bien sûr que oui.

Elle le regarde fixement.

— Alors, je vous écoute, si vous voulez bien...

— Pourquoi? C'est complètement idiot.

Le docteur Milne prend une note.

— À la place des questions, on va faire un jeu. Je vais vous donner trois mots, on parlera un peu, et ensuite, je vous demanderai de me répéter les mots.

Mamie hausse un sourcil.

— Vous êtes payé pour faire ça?

— C'est la belle vie, hein? plaisante le docteur Milne.

Mamie serre ma main encore plus fort.

— Bien, voici les trois mots que je vous demande de retenir : garçon, boîte, crayon. Entendu?

— Garçon, boîte, crayon, répète Mamie à voix basse.

— J'ai pris un bon déjeuner aujourd'hui : des œufs, des rôties et du café. Et vous, qu'est-ce que vous avez mangé?

— Garçon, boîte, crayon... Pareil que vous... garçon, boîte, crayon.

— Votre chute a dû vous surprendre.

Mamie hoche la tête, sans cesser d'articuler *garçon boîte crayon, garçon boîte crayon.* Soudain, le docteur Milne pointe un doigt vers la fenêtre.

— C'est un chevreuil?

— Hein?

Mamie tourne la tête.

— Un chevreuil? Où ça?

— Près des buissons.

— Quels buissons?

— Ah, zut, il a filé! dit le docteur Milne. Bien, madame

Bird, pouvez-vous me répéter les trois mots s'il vous plaît?

Mamie le fusille du regard.

— Garçon, boîte... garçon, boîte... Garçon, boîte et l'autre.

— Bien. Et l'autre?

— Pourquoi devrais-je vous le dire?

— Maman, fait papa. Tu ne le sais pas, n'est-ce pas?

— Ne me dis pas ce que je sais et ce que je ne sais pas, monsieur je-ne-sais-rien!

— Alors, dis les trois mots au docteur.

Je crie :

— GARÇON, BOÎTE, CRAYON! ARRÊTEZ D'ÊTRE AUSSI MÉCHANTS!

— Bien dit, Zoé! Garçon, boîte, camion!

Mamie cogne son poing contre la barre du lit.

— Vous pensez que je ne sais pas où vous voulez en venir, avec vos questions? Vous croyez que j'ai perdu la boule? Ha! Où est ma voiture? Je m'en vais!

— Elle conduit? demande le docteur Milne.

— Oui, *elle* conduit! crie Mamie, très énervée. Comment croyez-vous qu'*elle* est arrivée ici?

Le docteur Milne se tourne vers mes parents.

— On devrait peut-être aller dans le couloir.

— Allez plutôt au diable! crie Mamie, alors qu'il les invite à sortir. Ne vous imaginez pas que vous pouvez parler de moi dans mon dos.

Elle essaie de quitter son lit.

— Mamie, attention à la perfusion. Tu vas te faire mal. Ne t'inquiète pas. Je suis là. Ce n'est pas grave.

— Oui, c'est grave. Ils veulent m'enfermer.

— Non. Le docteur veut juste que tu restes cette nuit. Pour être sûr que tu es complètement remise.

— Ah bon?

— Oui. S'il te plaît, Mamie. Fais-moi confiance. Reste ici ce soir. C'est tout. Demain, tu rentreras chez toi, et on s'installera sur la véranda pour se raconter des blagues.

Elle a l'air terrifiée.

— Plutôt mourir que d'être enfermée à Greenview Haven.

— Ça n'arrivera pas. Je ne les laisserai pas faire ça. Jamais.

— Promis? implore-t-elle.

— Promis.

6

On traverse le terrain de stationnement. Papa a le sac à main de Mamie et ses vêtements dans un sac pour les laver.

— C'est honteux, ce que tu viens de faire, me dit maman.

— J'ai défendu Mamie, c'est tout.

— Tout l'étage a dû t'entendre crier. Je n'ai jamais été aussi embarrassée de toute ma vie.

Rien de nouveau sous le soleil.

On monte dans la voiture et papa démarre. Tandis qu'il emprunte l'autoroute, maman s'évente avec la carte routière de la boîte à gants. Ça me rend dingue, parce que franchement, tout ce qui s'est passé aujourd'hui, c'est à cause d'*elle*. J'ai envie de balancer un coup de pied dans son siège, assez fort pour lui faire traverser le pare-brise.

— Tu n'es pas la seule à aimer Mamie, dit papa. Je te rappelle que c'est ma mère. Ça fait longtemps que je m'occupe d'elle et de ton grand-père, et crois-moi, ce n'était pas une partie de plaisir.

— Et alors?

— Zoé, on n'est pas tes ennemis. On veut juste ce qu'il y a de mieux pour elle. Je n'en dors plus la nuit. Tu n'as pas idée à quel point je stresse.

— Ce matin, tu as dit à maman qu'elle exagérait.

— Et regarde ce qui s'est passé depuis.

— Ce qui s'est passé, c'est que vous avez débarqué chez elle pour lui causer des ennuis.

Maman se retourne et me secoue la carte au visage.

— Si tu réfléchissais un peu, tu aurais peur que ta grand-mère meure dans un incendie, d'une crise cardiaque ou d'un AVC.

— Elle a un téléphone.

— Ça ne lui a pas servi à grand-chose aujourd'hui! rétorque maman. Et si elle se perd en traînant dans la rue? Mme Glover est morte de froid l'hiver dernier.

— Le téléphone cellulaire de Mamie a un GPS. Il est dans son sac à main. Elle l'a tout le temps avec elle, même au lit.

— Sans même parler des urgences, enchaîne papa, pense à son régime alimentaire. À son hygiène…

— Ça, on peut s'en occuper.

— Ah bon? J'aimerais bien te voir lui donner un bain.

— Je pourrais s'il le fallait. Ça vaudrait mieux que Greenview Haven.

— Si seulement c'était aussi simple…

Maman sort son téléphone.

— Allô Jess? C'est Carrie. On rentre de l'hôpital. La mère de Tim a eu un malaise. Non, ça va… autant que possible. Elle n'a que la peau sur les os. Et Dieu sait quand elle s'est coupé les ongles des pieds pour la dernière fois. Ils sont tellement longs qu'ils s'enroulent sous ses orteils. J'avais tellement honte. Heureusement, les infirmières vont s'en charger… Oui, c'est évident qu'elle n'a pas toute sa tête, mais le docteur dit qu'on ne peut pas la placer si elle ne représente pas un danger.

Youpi!

— Oui, je sais, c'est totalement fou, soupire maman. On nage en plein délire depuis ce matin. Mais bon, au moins, il lui a pris son permis de conduire.

J'empoigne le dossier de son siège.

— Il a pris le permis de Mamie? Comment va-t-elle se déplacer?

— Assez! crie papa, qui semble prêt à nous jeter dans le fossé.

— Mamie ne risque rien! Elle conduit lentement.

— J'ai dit : ça suffit! beugle papa.

— Enfin bon, susurre maman à tante Jess, le comté va envoyer quelqu'un dans les jours à venir pour vérifier si sa maison convient aux personnes âgées. Je vais devoir faire le ménage, sans quoi ils vont penser qu'on s'en fiche, alors que c'est faux. Si on m'avait donné une pièce de cinq cents chaque fois que j'ai voulu nettoyer et que je me suis fait rembarrer, je serais millionnaire. À croire que sa poussière et sa crasse sont des trésors de famille. *S'il te plaît,* tu veux bien m'aider? Je n'ose demander à personne d'autre.

Tante Jess doit jubiler. Elle est comme maman, elle adore être choquée. C'est leur passe-temps favori.

— Merci, conclut maman. À tout à l'heure.

Elle raccroche.

— Je vais t'aider moi aussi, dis-je. Je sais où vont les choses.

Maman renifle.

— Tu mettrais plus de désordre qu'il n'y en a déjà.

— Vache.

— Qu'est-ce que tu as dit?

— Vache. Je regarde la vache dans le champ, là-bas. Ça te dérange?

* * *

En arrivant à la maison, maman met la robe et le gilet de Mamie dans la machine à laver et ses sous-vêtements à la poubelle. Puis elle prend des sacs en plastique, des produits d'entretien, un flacon de désinfectant pour les mains et part retrouver tante Jess.

Papa sort les clés de la voiture de Mamie de son sac à main et les range dans sa vieille boîte à boutons de manchettes, dans le tiroir du bas de sa commode.

— Ouf! Quelle histoire.

Il allume la télévision, prend place sur un siège-lavabo et sèche ses pieds suants au sèche-cheveux.

Ouf, en effet.

Maman téléphone à six heures pour nous prévenir qu'elle ne rentrera pas à temps pour le souper; papa et moi finissons des restes de pain de viande. Elle revient vers neuf heures, exténuée.

— Je mérite une auréole! Je pue comme la maison des Oiseaux.

Elle passe dans la chambre à coucher avant d'aller à la douche. Papa lui emboîte le pas. Je regarde le présentoir de fixatifs pour les cheveux. Et c'est *elle* qui parle de puer? J'écoute à leur porte.

— La crasse, le bazar. On s'est échinées pendant des heures, et ça n'a quasiment rien changé, dit maman. Comment peut-elle vivre ainsi? Si ce n'est pas dangereux pour elle, il va falloir m'expliquer.

— Carrie, qu'est-ce qu'on va faire? Qu'est-ce qu'on va faire?

Occupez-vous de vos affaires, c'est tout! Qu'est-ce que ça peut faire si Mamie est vieille et différente? Au moins, elle est libre.

7

Le lendemain matin, avant les cours, alors que je sors mes affaires de mon casier, j'entends une voix susurrer : « Crotte d'oiseau ».

Je pivote brusquement. Le couloir est bondé; impossible de savoir qui a dit ça.

Je l'entends encore entre les cours de maths et de sciences. À l'heure du dîner, je me précipite au fond de la cafétéria et je m'assieds en tournant le dos à tout le monde. Lèche-bottes et les lèche-bottines s'arrêtent à ma table.

— On voulait juste te dire qu'on est là pour toi, commence à dire Lèche-bottes.

— Ouais, ajoute Katie. À ta place, je m'inquièterais.

— Pardon?

— À cause de ta grand-mère, chuchote Lèche-bottes, l'air solennel.

— Mamie va bien. Elle est tombée, c'est tout.

Lèche-bottes me prend la main. On dirait une infirmière au chevet d'une malade.

— On sait qu'elle va bien : elle n'a rien de cassé, mais son cerveau... Tante Carrie dit que c'est comme si tous les meubles avaient disparu; il ne reste plus que le papier peint.

— N'importe quoi!

— Allez. Elle n'a pas su dire au médecin quel jour on était. Elle ne connaissait même pas la saison.

— Elle l'a fait exprès. Il lui posait des questions stupides. Mamie l'a remis à sa place.

— Ne te fâche pas, dit Katie. Ce n'est pas une critique.

— Non, on ne juge personne, assure Caitlyn. Maintenant, on comprend pourquoi tu perds la boule. Tu es stressée.

— N'aie pas honte, dit Lèche-bottes. C'est comme ça.

Je lui arrache ma main.

— Mamie va bien. Je la vois tous les jours.

— Alors, tu es au courant pour le trou à l'arrière de son canapé. Tante Carrie pense qu'un écureuil s'est installé dedans.

Elle prend une grande inspiration.

— Et tu sais aussi pour les taches de pisse.

— Il n'y a pas de taches de pisse.

Lèche-bottes se mord la lèvre.

— Évite quand même de t'asseoir sur les chaises de la salle à manger. Maman a dit qu'elle devait être à court de couches Depends, la pauvre.

— Arrête d'inventer des trucs.

— Nos mères ont vidé deux boîtes d'Ajax dans les toilettes, et elles n'ont pas réussi à enlever les traînées au fond de la cuvette. Elles ont dû jeter la moitié des tapis parce qu'ils étaient trop dégueulasses pour les envoyer au nettoyeur. Sans blague! Elles avaient tellement peur des maladies et des champignons qu'elles ont travaillé avec des gants de cuisine.

— Si tante Jess t'a dit ça, c'est une menteuse!

— Maman ne m'a rien dit, réplique Lèche-bottes. J'étais là. J'ai tout vu.

— Tu es allée chez Mamie?

— Je suis venue donner un coup de main après les cours. J'ai fait le tri dans ses tiroirs. J'ai dû jeter ses sous-vêtements. Beurk!

— Tu étais où pendant que Madi nettoyait les cochonneries de ta grand-mère? m'interroge Katie.

— Chez elle, répond Lèche-bottes. Tante Carrie n'a pas voulu qu'elle vienne.

Je me lève d'un bond.

— Ferme ta trappe!

— Zoé, on nous regarde, me prévient Caitlyn.

— Et alors, qu'est-ce que ça peut bien faire?

Je frappe du poing sur la table.

— J'aime Mamie!

— Tu en es sûre? demande Caitlyn. Madi se tape tout le boulot, et tu ne fais rien.

— Va te faire voir!

Je sors de la cafétéria en tapant les pieds et en poussant les tables :

— Qu'est-ce que vous regardez, bande d'abrutis?

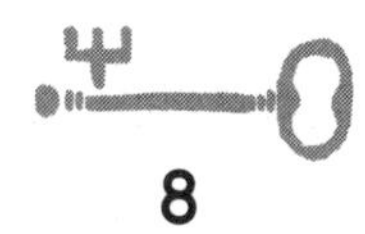

8

En arrivant chez Mamie, j'ai un coup au cœur. Derrière le pare-brise de sa Corolla, garée au bout de l'allée, il y a un écriteau « À vendre », avec notre numéro de téléphone. Mamie, assise au volant, regarde fixement devant elle. Elle porte sa robe écossaise, son gilet noir tout propre et son sac à main rouge sur l'épaule.

Je saute de mon vélo et je monte m'asseoir sur le siège du passager.

— Bonjour, Mamie!

Son visage s'éclaire.

— Zoé! Quel est le mot magique?

— Crème.

— Brûlée, répond Mamie, le visage rayonnant.

— Qu'est-ce que tu fais dans ta voiture?

— Je ne sais pas. Je devais sans doute aller quelque part. C'est une bonne chose que tu arrives maintenant, sinon tu m'aurais manquée.

Elle tâtonne pour retirer ses clés du contact.

— Où sont passées mes clés?

Je décide de mentir.

— Tu as dû les laisser dans le vestibule…

— Ah, c'est idiot!

Mamie sort de la voiture et me conduit vers la maison.

— Tu sais, Zoé, toute la journée, j'ai eu l'impression bizarre d'être allée à l'hôpital. Ça me paraissait tellement réel... mais en fait, je suis là.

— C'est normal. Tu es tombée hier. Ils t'ont gardée à l'hôpital la nuit dernière. Maman et papa t'ont ramenée ce matin.

Mamie pousse un soupir de soulagement.

— Ouf! Je n'ai donc pas perdu la boule.

Elle ouvre la porte. En entrant dans la maison, elle se fige.

— Où est passé le tapis?

— Je crois que maman en a porté quelques-uns chez le nettoyeur...

— Eh bien, elle a intérêt à les rapporter. Les gens prennent des choses, et on ne les revoit jamais.

Mamie passe sa tête dans le petit salon, puis elle regarde l'escalier.

— Il y a quelque chose qui cloche.

Mamie s'engouffre dans le grand salon et s'agrippe au piano.

— Le plancher! Pourquoi est-ce que je vois le plancher? Qui m'a volé mes tapis?

— Ce n'est rien, Mamie. Maman a juste déplacé des choses.

— Où ça? Et comment vais-je les retrouver, maintenant?

Elle pose une main tremblante sur sa poitrine.

— Il faut que je sorte d'ici. J'ai besoin d'air. Je n'arrive plus à respirer.

Je la suis jusqu'à la véranda. On s'installe sur la balancelle, et on se balance jusqu'à ce qu'elle se calme.

— Zoé, je peux te demander quelque chose? Entre nous?

— Bien sûr.

Mamie regarde par-dessus son épaule, comme si quelqu'un risquait de nous écouter.

— Est-ce que tes parents m'espionnent?

— Pourquoi feraient-ils une chose pareille?

— Pour savoir ce que je fais. Où je vais. Ils cherchent une excuse pour m'enfermer. Pour me voler ma maison. Tu me le dirais s'ils m'espionnaient, hein?

— Bien sûr.

Mamie réfléchit un peu.

— Je peux te demander autre chose?

— Tout ce que tu veux. Toujours.

— Dis-moi la vérité.

Elle arrête la balancelle.

— Est-ce que je perds la tête?

Si quelqu'un d'autre me posait cette question, je répondrais : « N'importe quoi! » Mais c'est Mamie qui m'interroge. Je regarde mes pieds.

— C'est une question bizarre.

— Moi aussi, je suis bizarre.

— Juste quelquefois, Mamie. Et alors? Moi aussi, j'oublie des trucs. Oublier, c'est normal.

— J'espère bien.

— Et puis, tu es plus vieille que moi. Tu as beaucoup plus de choses à te rappeler.

Mamie essaie de sourire.

— Ça, c'est sûr! Quand je penche la tête, les souvenirs tombent de mes oreilles.

On écoute un geai bleu.

— Zoé, il y a des moments, comme maintenant, où je sais ce qui se passe. Mais entre nous, ce matin, c'est comme un rêve, et je ne sais pas comment je serai ce soir. Ça me fait peur.

— Ce matin, ça ne compte pas. Tu étais à l'hôpital.

Mamie se perd dans ses pensées.

— Ton grand-père et moi, nous sommes venus habiter ici pour nous occuper de son père. Ensuite, je me suis occupée de *lui.* Maintenant, c'est mon tour, et il n'y a personne.

Elle lisse sa robe.

— Enfin bon… Je vais devoir me débrouiller comme une grande fille.

— Je suis là, Mamie, dis-je d'une toute petite voix.

— Oui, c'est vrai. Tu es comme Teddy.

— Tu as dit ça hier.

— Ah bon?

— Tu ne parles jamais de lui. Et là, tu as prononcé son nom deux jours de suite.

— Si tu le dis…, murmure Mamie. Je pense de plus en plus à lui. C'est étrange, non? Plus on vieillit, plus on pense au passé. Va savoir pourquoi…

— Parce que le passé augmente un peu plus chaque jour.

Mamie s'esclaffe.

— Toi, alors!

Elle regarde le jardin.

— Avec ton grand-père, on amenait Teddy et ton père ici tous les étés, pour voir tes arrière-grands-parents.

Je souris.

— Il y avait déjà des elfes dans la gouttière à l'époque?

Mamie sourit.

— Oh, oui! Les elfes ont toujours laissé des bonbons à cet endroit-là. Teddy avait des elfes en porcelaine, avec lesquels il adorait jouer. Ton grand-père était furieux quand je les lui ai achetés.

— Est-ce que papa jouait avec les elfes, lui aussi?

Mamie lève les yeux au ciel.

— Juste une fois. Il croyait qu'ils pouvaient voler. Teddy était contrarié, mais comme ton père n'avait que deux ans, il lui a pardonné. À cette époque-là, Teddy était adolescent : il était passé des elfes au tricot.

— Qu'est-ce que grand-papa a dit pour le tricot?

— Qu'est-ce qu'il n'a *pas* dit! Je lui ai demandé de se taire. Si davantage d'hommes tricotaient, le monde serait moins emmêlé.

Le visage de Mamie fond comme du beurre.

— Teddy faisait de magnifiques chandails, des gants, de grosses chaussettes pour l'hiver. Une fois, il nous a tricoté des foulards assortis, jaune et orange avec des touches violettes. Ils descendaient jusqu'aux genoux. Ah, Teddy. S'il était là, il me protégerait. Mais il est parti…

Ses lèvres remuent comme si elle parlait à quelqu'un. Je

chuchote :

— Mamie, tu veux que je te fasse un sandwich?

Elle acquiesce, mais elle n'est pas vraiment là.

Je retourne dans la maison. Maman et tante Jess ont rempli le frigo et mis des draps propres sur le lit de Mamie. Il y a des boîtes de Depends près de sa commode et un tiroir plein de culottes neuves et de chaussettes pour personnes âgées. La salle de bains et les toilettes sont plus propres. Bien. Mamie a juste besoin d'un petit coup de main.

Et tout à coup, je sais ce que je dois faire.

9

De retour à la maison, je me concentre sur la politesse. Je mets spontanément la table. Je ferme les yeux quand papa dit le bénédicité. Au lieu d'attraper la nourriture, je demande : « Est-ce que vous pouvez me passer le plat, s'il vous plaît? »

— Bien sûr.

Maman me regarde bizarrement en me tendant le plat.

— Merci.

— Alors..., commence-t-elle, tu es passée chez ta grand-mère aujourd'hui?

— Oui.

Maman déplace ses fesses comme une poule assise sur des œufs.

— Peut-être qu'à l'avenir, tu pourrais attendre la fin des cours pour y aller? J'ai reçu un coup de fil de l'école.

— D'accord. Désolée.

Je souris et je mastique longuement. Mes parents froncent les sourcils; ils essaient de comprendre pourquoi je suis aussi polie. Les yeux de l'horloge-chouette de la cuisine vont et viennent entre nous. Je finis par avaler ma bouchée.

— Tante Jess et toi, vous avez fait un sacré boulot chez Mamie, dis-je. La salle de bains et la cuisine sont superbes.

— Ah, euh… merci. C'est un début…

— Madi m'a dit qu'elle a fait le tri dans les sous-vêtements de Mamie.

Maman bat des paupières.

— C'était une idée de ta tante. Je ne savais pas que ta cousine viendrait.

— Ça ne me dérange pas. Du moment que c'est pour Mamie.

Maman se renverse sur le dossier de sa chaise. Pour la première fois depuis une éternité, papa respire vraiment. C'est l'heure de mon petit discours :

— Je sais que je n'ai pas été facile avec vous, ces derniers temps. J'ai rendu la situation encore plus stressante qu'elle n'était déjà, et ce n'est pas sympa, avec les cloques de papa, et ton alopécie, maman. Donc, je voulais m'excuser, et vous parler d'une idée que j'ai eue, pour nous simplifier la vie.

— Ah bon? fait maman.

— On est tout ouïe, ajoute papa.

Ils se penchent en avant pour entendre ce Miracle. J'inspire profondément.

— J'ai pensé que si j'emménageais chez Mamie, je pourrais lui apporter ses repas d'ici, et dormir dans une de ses chambres d'amis. Comme ça, vous n'auriez plus à vous inquiéter pour elle, et je vous laisserais tranquille.

Ils me regardent avec des yeux de merlan frit. Papa se tortille sur sa chaise en vinyle, qui fait des bruits de pets.

— C'est une idée intéressante, dit-il. Très originale. Très…

— Très attentionnée, ajoute maman. Mais ma chérie, j'ai

peur que la situation de ta grand-mère ne soit plus compliquée que ça. Que se passera-t-il quand tu seras à l'école et qu'elle restera toute seule? Ou si elle allume la cuisinière au milieu de la nuit, et que la maison prend feu pendant que tu dors là-haut?

— Ça n'arrivera pas.

— Tu ne peux pas le savoir. Et pense à toutes les tentations que tu aurais...

— C'est à dire?

— Tu sais de quoi je parle, répond maman. La boîte qu'on a trouvée dans ta maison de poupée...

— Ce n'était pas à moi.

— Quoi qu'il en soit, on est responsables. Pense à ce que diraient les gens.

— Rien de pire que ce qu'ils disent déjà.

— La réponse est non.

Le silence qui s'installe dure un temps infini. Papa hésite à reprendre son souffle. Je pousse ma nourriture du bout de ma fourchette.

— C'est vrai que je suis comme oncle Teddy?

Papa blêmit.

— D'où sors-tu ça?

— De Mamie. Elle l'a dit deux fois. Alors, c'est vrai, je suis comme lui?

— Non, tranche maman.

— Comment peux-tu le savoir? Il est mort avant que papa vienne habiter ici.

Je me tourne vers l'intéressé.

— Alors, je suis comme lui?

— Ne manque pas de respect à ta mère.

— Mamie dit qu'il se serait occupé d'elle... Qu'il ne l'aurait jamais mise dans une maison de retraite.

— Va savoir ce qu'il aurait fait, lance papa.

Je serre ma fourchette très fort.

— Comment il est mort?

— Quoi?

— Oncle Teddy. Comment il est mort? Il s'est suicidé?

— Qu'est-ce qui t'a mis cette idée dans la tête? s'exclame maman.

— Parce que vous n'en parlez jamais. Donc, je me dis que ça doit être un truc horrible; et qu'est-ce qu'il y a de plus horrible que ça? Alors, il l'a fait?

Silence.

— Pas exactement, murmure papa.

— Qu'est-ce que ça veut dire, *pas exactement?*

— Ce que j'ai dit.

— Écoute, il l'a fait ou pas. Oui ou non?

Papa jette sa serviette sur la table et quitte la pièce. Maman me lance un coup d'œil furieux avant de se lever. Elle débarrasse la table.

Je lève les mains en l'air.

— Quoi? Qu'est-ce que j'ai fait encore?

— Comme si tu ne le savais pas.

Maman sort à son tour. Je crie derrière eux :

— Tout ce que je sais, c'est que Mamie a dit que l'oncle

Teddy et moi étions pareils. Pourquoi je ne peux pas savoir comment il est mort?

Oncle Teddy, tu es comme ces objets qui traînent dans le grenier. On ne les voit plus, mais ils sont toujours là. Que s'est-il passé? Comment es-tu mort?

10

Le lendemain, comme la seule pensée d'aller à la cafétéria me rend malade, je sors manger mon dîner sur le terrain de stationnement. Éric est allongé sur le bitume comme s'il faisait une surdose.

C'est peut-être de ça qu'oncle Teddy est mort. Ça expliquerait pourquoi mes parents ont totalement paniqué l'été dernier.

Sur la photo de la table de nuit de Mamie, oncle Teddy a les mêmes cheveux bouclés que moi, mais nos yeux sont différents. Les siens sont méfiants, alors que les miens me sortent de la tête comme ceux de Mme Patate.

Mon téléphone sonne.

— Zoé, viens vite! Il y a un voleur dans la maison.

— Calme-toi, Mamie. C'est juste maman et tante Jess qui ont déplacé tes affaires. Je passerai après les cours.

— Non, viens maintenant! s'exclame-t-elle. En rentrant par-derrière, j'ai entendu du bruit à l'étage, et je suis montée avec un couteau de boucher. Le type était dans ma chambre. Je l'ai coincé dans le placard!

J'entends des sirènes.

— J'arrive!

* * *

En entrant dans le jardin, j'aperçois deux policiers près de l'érable; ils encadrent un type à tête de fouine que je n'ai jamais vu. Les voisins sont rassemblés sur le trottoir. J'abandonne mon vélo et je monte en courant les marches de la véranda.

— Stop! me hèle un des policiers.

— Ma grand-mère est à l'intérieur.

Je fonce dans la maison sans attendre sa réponse.

— Mamie?

— Zoé, crie-t-elle depuis le petit salon. Te voilà enfin!

Trois autres policiers l'ont coincée près du canapé.

— Qui es-tu? me demande un grand poilu.

— Zoé Bird. Ma grand-mère m'a appelée au sujet d'un cambriolage.

— Dis-leur, toi! implore Mamie. Moi, ils refusent de m'écouter. À croire que c'est *moi* la voleuse.

— Ta grand-mère retenait en otage un travailleur social du comté, dit un second policier aux grandes oreilles.

— Pardon?

— Le travailleur social a trouvé la porte ouverte. Comme personne ne répondait, il est entré pour s'assurer que ta grand-mère allait bien. Il est monté dans la chambre. Ta grand-mère l'a empêché de sortir en le menaçant avec un couteau de boucher. Il a téléphoné depuis le placard.

— Apparemment, quand on est vieux, on n'a pas le droit de se défendre, grommelle Mamie. Des étrangers peuvent débarquer, voler vos affaires, Dieu sait quoi.

— Il manque quelques tapis à Mamie, dis-je. Elle a peur

des cambrioleurs.

— M. Weldon s'est identifié, objecte la policière.

— Et alors? Est-ce que vous croiriez un inconnu que vous trouvez dans votre chambre?

Papa arrive sur les chapeaux de roues; maman est avec lui.

— Bonjour messieurs. Tim Bird, son fils. Carrie, mon épouse.

Il me voit.

— Zoé? Qu'est-ce que tu...? Non. Ne dis rien. S'il te plaît, ne dis rien.

Il se retourne brusquement vers Mamie.

— Maman, comment as-tu pu...?

— Comment j'ai pu quoi? demande Mamie.

— Tu as menacé un travailleur social avec un couteau!

— Qui dit ça?

Maman se tourne vers les policiers.

— Et maintenant, il se passe quoi?

— M. Weldon ne souhaite pas porter plainte, dit Grandes Oreilles, mais il s'agit d'un incident grave. On ne voudrait pas que quelqu'un soit blessé. Peut-elle être surveillée?

— *Elle* n'a pas besoin d'être surveillée, objecte Mamie. *Elle* n'est pas une enfant.

Maman fait comme si elle ne l'avait pas entendue.

— Non, répond-elle. On travaille tous les deux.

Papa passe un doigt sous le col de sa chemise.

— Pourrait-on en discuter dans la pièce voisine, s'il vous plaît?

Les policiers acquiescent.

— Zoé, reste ici avec ta grand-mère, me commande maman.

— On ne reste nulle part, rétorque Mamie. On va sur la véranda. Et quand on reviendra, vous aurez intérêt à être partis.

Elle m'entraîne dehors.

— Fichez le camp de mon trottoir! lance-t-elle aux voisins, avant d'aller s'asseoir sur la balancelle.

Je m'approche de la balustrade et je lui apporte le nid d'oiseau entouré de papier d'aluminium.

— Tu te rappelles quand tu l'as eu, celui-là?

Mamie s'apaise aussitôt. Ses yeux s'éclairent.

— Dis-moi.

— Papa l'a trouvé en nettoyant la gouttière. Il y avait des oisillons dedans. Tu l'as mis sur le rebord de ta fenêtre, et la mère l'a retrouvé. On l'a regardée les nourrir jusqu'à ce qu'ils apprennent à voler.

Mamie caresse le nid.

— Qu'est-ce qu'ils sont devenus, à ton avis?

— Je pense qu'ils viennent se nourrir dans tes mangeoires avec leurs enfants et leurs petits-enfants.

— Des mémés oiseaux, glousse Mamie.

Alors qu'on invente des histoires d'oiseaux, le reste du monde disparaît, jusqu'à ce que mes parents ressortent avec les policiers. Mamie bat des paupières.

— Tim. Carrie... Que fait la police ici?

— Ils cherchent ces gens qui te prennent tes affaires, affirme papa.

— Ah, quand même!

— Nous avons toutes les preuves nécessaires, madame Bird, assure la policière.

— Dieu soit loué!

Mamie serre la main des policiers, qui s'en vont. Les voisins commencent à rentrer chez eux.

— Bon, maman, tu veux venir manger un morceau à la maison? demande papa.

— Tout va bien, merci. J'ai pris un bon déjeuner.

— C'est le souper du dimanche, ment-il. Tu ne veux quand même pas décevoir Zoé?

Mamie me fait un clin d'œil.

— Bon, d'accord. Pour Zoé.

Je lui rends son clin d'œil. Je parie qu'elle n'a rien mangé de la journée.

En marchant vers la voiture, maman me glisse à l'oreille :

— Toi, tu retournes à l'école.

Mamie l'entend.

— Ne raconte pas n'importe quoi. Il n'y a pas d'école le dimanche. Zoé, monte dans la voiture.

— Elle a son vélo, rappelle maman.

— Je viendrai le récupérer plus tard, dis-je, toute joyeuse.

Papa ouvre la portière du passager pour Mamie, tandis que je m'assieds avec maman sur la banquette arrière. Au premier carrefour, au lieu de tourner sur Main Street, on continue tout droit. *Hein?* On prend à gauche sur Malcolm, puis la rue qui longe le cimetière. *Non!*

Je reste calme pour Mamie.

— Vous n'allez pas là où je pense, j'espère?

Papa fait comme si je n'étais pas là :

— Regarde ces aubépines, maman. Le cimetière est vraiment bien entretenu.

— Est-ce qu'on va voir ton père? On devrait s'arrêter pour prendre des fleurs.

— Pas aujourd'hui. On fait juste un tour en voiture.

Mais non, c'est faux. Qu'est-ce que je dis? Qu'est-ce que je fais?

On dépasse le portail du cimetière. Au bout de la route, j'aperçois Greenview Haven.

— Maman, papa, s'il vous plaît, ne faites pas ça.

— Zoé, pour le bien de tous, ne fais pas de scène, me prévient maman.

Papa se tourne vers Mamie.

— Les feuilles ne vont pas tarder à changer de couleur. Ça va être magnifique, hein, maman?

J'ai la gorge serrée.

— Ce n'est pas juste.

— On a appelé le docteur Milne, explique maman. Il a signé et faxé les papiers. Tout est réglé.

— Qu'est-ce qui est réglé? demande Mamie.

Papa allume la radio.

— Si on écoutait un peu de musique?

— Je t'ai demandé : «Qu'est-ce qui est réglé?» Éteins ce bruit!

— S'il te plaît, papa…

Il entre dans le terrain de stationnement et emprunte l'allée circulaire. Une femme et deux aides-soignants attendent dehors. Tandis que papa sort de la voiture, la femme ouvre la portière de Mamie.

— Madame Bird, enchantée de vous rencontrer! Je suis Gloria Beckwith.

Elle lui serre la main, tout en la tirant vers elle.

— Mamie! Reste à l'intérieur. C'est un piège.

J'essaie en vain d'ouvrir ma portière; papa a mis le verrouillage central. Je tente d'enjamber le siège avant.

— Mamie, on est à Greenview!

Maman me rattrape.

— Arrête, Zoé. C'est la meilleure solution.

Mamie comprend enfin où elle est.

— Greenview!

Elle veut reculer, mais les hommes derrière elle lui barrent le passage. Ils lui prennent les bras au-dessus des coudes.

— Zoé! Au secours!

— Je ne peux rien faire! Ils sont trop nombreux!

Mamie balance des coups de pied dans les jambes des aides-soignants.

— Où est Teddy? Je veux Teddy!

— Teddy est parti, maman, lui rappelle papa. Tu vas beaucoup te plaire ici.

Les hommes entraînent Mamie vers les portes vitrées, qui s'ouvrent en coulissant.

— Teddy ne vous laissera pas faire ça. Teddy! Zoé! Teddy!

L'instant d'après, Mamie disparaît dans la maison de retraite.

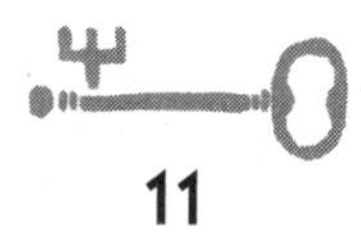

11

Le temps que papa revienne à la voiture, j'ai la voix cassée tellement j'ai hurlé. Maman n'attend même pas qu'on soit sortis du terrain de stationnement pour m'engueuler, mais je l'entends à peine. Ma tête est pleine des pleurs de Mamie; je la revois se débattre. *Son pire cauchemar s'est réalisé. Je lui avais promis que ça n'arriverait pas. Je n'ai pas réussi à la protéger. Est-ce qu'elle va m'en vouloir? Est-ce qu'elle me pardonnera?*

— Cette scène que tu nous as faite…, commence maman. Je n'ose pas imaginer ce que doit penser Mme Beckwith.

On s'en fout!

— On avait pourtant tout fait pour que ça se passe en douceur. Tu n'étais pas obligée d'en faire un drame.

Et vous, vous n'étiez pas obligés de faire ça.

— Tu écoutes ce que je te dis?

— Non.

Papa freine brusquement. Il laisse tomber la tête sur le volant.

— Zoé. Ce n'est pas ce qu'on voulait…

— Ouais, c'est ça! Vous l'avez piégée. Il aurait fallu que quelqu'un soit chez elle quand ce type est venu, c'est tout!

— On avait du travail, proteste maman.

— Tu l'aurais fait pour oncle Chad et tante Jess.

— Ce n'est pas vrai.

— Si. Mais on s'en fout. Vous auriez pu m'envoyer *moi.*

— Tu avais cours, objecte papa.

— Et alors? Est-ce que les maths comptent plus que Mamie? De plus, vous n'étiez pas obligés de l'amener ici. Vous auriez pu la conduire chez nous.

— Il y a tout juste assez de place pour nous trois, dit maman. Et le salon de coiffure? Elle fouinerait partout, elle répéterait, elle raconterait je ne sais quoi... Ça mettrait mes filles mal à l'aise.

— Elles comptent plus que Mamie?

— Non. Mais sans elles, comment on paie les factures?

— De plus, intervient papa, imagine que ta grand-mère se réveille en pleine nuit et décide de rentrer à la maison des Oiseaux? Tu crois qu'elle se rappellerait le chemin? Les rues sont différentes dans le noir. Qui sait ce qui pourrait lui arriver?

— Et que ferait-on de toutes les cochonneries qu'elle ramasse dans les poubelles? ajoute maman. Tu as envie de voir ces saletés sur notre pelouse? Dans notre maison?

— Ce n'est pas pire que tes sèche-cheveux, ton enseigne au néon ridicule et ton horloge-chouette stupide.

Maman se mord la langue. On fait un concours de regards assassins.

— Par pitié!

Papa prend dix longues inspirations et redémarre. Quelques minutes plus tard, on arrive à la maison. En passant le seuil, je marmonne :

— J'ai trop hâte que vous soyez vieux. Je vais vous coller à Greenview si vite que vous en aurez le tournis. Et quand vous pleurerez comme Mamie, je me moquerai de vous.

Maman se décompose.

— File dans ta chambre!

— Avec plaisir! De toute façon, je n'ai plus envie de te voir.

— Et pas de dîner.

— Tant mieux. Je n'ai pas faim.

* * *

Le lendemain matin, samedi, papa et maman partent à 8 heures. Ils vont déménager une partie des affaires de Mamie à Greenview, histoire qu'elle s'y sente un peu plus chez elle. Je n'ai pas le droit de les accompagner, parce qu'ils ne veulent pas que ma scène d'hier se reproduise. D'ailleurs, je suis prévenue : si je recommence, je ne verrai plus Mamie, point final.

Même si je ne la vois pas, je lui parle beaucoup. Elle me téléphone une première fois juste après le départ de mes parents :

— Zoé, des gens que je ne connais pas m'ont réveillée. Ils voulaient m'emmener déjeuner. Je leur ai fait peur et ils sont partis, mais ils risquent de revenir. Je ne sais pas où je suis. Il faut que tu me trouves.

— Calme-toi, Mamie. Tu es à Greenview Haven.

— La maison de retraite?

— Oui.

— Qu'est-ce que je fais là? Je dois rentrer chez moi. Des

gens vont venir me cambrioler. Ils vont me prendre mes affaires.

— Maman et papa arrivent bientôt. Tu pourras leur dire tout ça.

— Dieu soit loué!

***

Deuxième appel. 8 h 35.

— Zoé, je suis dans une chambre bizarre. Par la fenêtre, je vois un terrain de stationnement. Et tout au fond, je crois que c'est le cimetière. Ce n'est pas normal.

— Maman et papa sont en route. Ils viennent te voir.

— J'espère bien. Il y a un fou au bout du couloir qui n'arrête pas d'appeler au secours! J'ai poussé la commode contre la porte.

— Remets-la à sa place, Mamie. Sinon, ils vont penser que tu as perdu la tête.

— Qui ça?

— Le personnel de Greenview.

— Greenview? Je suis à Greenview?

— Oui.

— Pourquoi ne m'a-t-on rien dit?

— Papa a dû oublier. Il arrive bientôt.

— Je ne vais pas rester là à attendre ton père. Où est ma voiture?

— À la maison.

— Alors, il faut que j'appelle un taxi.

— Non, Mamie. Attends papa.

***

Troisième appel. 8 h 55.

— Zoé, je suis dans une chambre…

— Je sais. Tu as un stylo dans ton sac à main?

— Attends, je regarde… Zoé, quelqu'un a fouillé dans mon sac à main. On m'a volé mes clés de voiture.

— Ne t'inquiète pas, elles sont en sécurité.

— Où ça?

— Je t'expliquerai plus tard. Pour l'instant, cherche un stylo.

— D'accord. Voilà, j'ai un stylo. Et maintenant?

— Écris au dos de ta main : «Tim arrive.»

— Ton père vient?

— Oui. Écris-le sur ta main. «Tim arrive.»

— «Tim arrive.» C'est fait.

— Fantastique. La prochaine fois que tu prendras ton téléphone, lis ce qui est écrit sur ta main.

— «Tim arrive.»

— C'est ça.

— Quel soulagement. Je ne sais pas ce que je ferais sans toi. Je t'aime, ma puce.

— Moi aussi, je t'aime.

Tout va bien pendant une heure. Puis :

— Zoé…

J'entends un piano et des voix qui chantent dans le fond.

— J'étais dans une chambre. Tes parents ont commencé à apporter des choses de chez moi. Je leur ai dit de les rapporter à la maison. Ils ont répondu que c'était ici ma maison. Que se passe-t-il?

— Je peux parler à papa?

— Il n'est pas là.

— Où est-il?

— Comment veux-tu que je le sache?

— Et toi, où es-tu?

— Je ne sais pas. Il y a plein de canapés et de personnes âgées… Ça alors!

— Quoi?

— Je crois que c'est le docteur Rutherford, là-bas, au fond de la salle. Méfie-toi du docteur Rutherford. Quelle que soit la raison pour laquelle tu vas le voir, il regarde tes parties intimes. Tu tousses? Il regarde tes parties intimes. Tu as la grippe? Il regarde tes parties intimes…

— Mamie, le docteur Rutherford a pris sa retraite quand j'étais petite.

— Cet homme est un démon. Et qu'est-ce qu'il fabrique avec Mona Peasley?

— Qui?

— La veuve de Fred Peasley. Le croque-mort qu'on a surpris en train de remplir des cadavres de journaux. Je croyais qu'ils avaient mis Mona à la maison de retraite.

— Mamie, ne bouge pas! Je téléphone à papa. Dès que je sais ce qui se passe, je te rappelle.

— Bien. Il y a une femme qui arrive avec un chariot de biscuits et du jus d'orange.

— À tout de suite.

Je raccroche et je compose le numéro de papa. Il décroche.

— Papa, où êtes-vous?

— Dans la chambre de ta grand-mère. On défait les valises.

— Elle est terrifiée. Il faut que l'un de vous deux reste avec elle.

— Ce n'est pas possible pour l'instant. On est débordés.

— Alors, j'arrive.

— Zoé, si tu veux être sur la liste des visiteurs, reste où tu es. Une très gentille infirmière veille sur elle. Fais tes devoirs. Il faut que je te laisse.

Je rappelle Mamie :

— C'est moi. Zoé.

— Zoé, je perds la tête. Je suis dans une pièce avec des gens que je n'ai pas vus depuis des années. Je croyais qu'ils étaient morts.

— Je viendrai te voir demain.

— J'ai besoin de toi maintenant.

Je mens :

— Je ne peux pas, je suis au lit. J'ai vomi toute la journée.

— Oh mon Dieu! Prends soin de toi.

— Promis. Mais d'abord, prends ton stylo. Je veux que tu écrives sur ta main.

— J'ai déjà quelque chose sur la main : « Tim arrive. »

— Barre « Tim » et écris «Zoé». Puis ajoute «demain». D'accord?

— D'accord... « Zoé arrive demain. » C'est bien. Je me sens déjà mieux.

12

Quand maman et papa reviennent, j'écoute ma musique en pivotant sur une chaise-lavabo. Je ferme les yeux et je hoche la tête en suivant le rythme, comme s'ils n'étaient pas là.

— Mamie a une belle chambre..., commence maman. On l'a rendue très accueillante.

— Elle a des photos de famille sur sa table de chevet, comme à la maison des Oiseaux, ajoute papa. On lui a aussi apporté sa lampe et deux tableaux du salon. Et même le nain de jardin...

Je continue à hocher la tête, les paupières closes.

— Chérie, fait maman de sa voix fatiguée. On sait que tu nous entends...

Je lui lance un regard torve. *Tu veux une médaille?*

— On a vraiment fait des pieds et des mains pour ta grand-mère.

— Vous l'avez enfermée.

— Pas du tout! proteste papa. On peut la faire sortir pour souper et dormir à la maison. Seulement, elle ne peut plus vivre sans surveillance.

— C'est bien ce que j'ai dit. Elle est prisonnière.

— C'est une *résidente.* Dans une maison où elle sera bien nourrie, hydratée, lavée et soignée, dit maman. Franchement, il était temps de la placer. Je ne l'ai jamais vue aussi désorientée.

— On se demande pourquoi! Tu débarques chez elle, tu lui donnes presque une crise cardiaque et elle finit aux urgences. Puis tu déplaces ses affaires, et quand elle se défend contre le type qu'elle a pris pour un cambrioleur, elle se retrouve enfermée dans un endroit bizarre, où elle reçoit des ordres de gens qu'elle ne connaît pas. Et elle est désorientée? Sans blague!

— Ma chérie, c'est dur ce qui arrive à ta grand-mère, dit papa, mais tu ne peux pas continuer à trouver des excuses...

— Je ne trouve pas d'excuses. Je rapporte des faits. Et en parlant de ça : ils l'ont droguée, non?

Papa se dandine, mal à l'aise.

— Elle prend juste des antidépresseurs et des sédatifs. C'est pour la rendre heureuse.

— Eh bien, elle n'est pas heureuse! Alors, j'ai une idée : filez-*moi* ses médicaments. Comme ça, elle retrouvera toute sa tête, et moi, je pourrai oublier que vous existez.

Là-dessus, je monte le volume de la musique et je fonce dans ma chambre avec fracas.

Pourquoi ils sont eux? Pourquoi je suis moi?

* * *

Je reçois plusieurs coups de fil au milieu de la nuit. Il doit faire trop sombre pour que Mamie lise ce qu'elle a écrit sur sa main. Je coupe la sonnerie et je change mon message : « Si c'est Mamie, tu n'es pas chez toi, mais tout va bien. L'inspecteur Bird viendra te voir demain matin. En attendant : Crème! »

À mon réveil, le dimanche matin, j'ai sept messages :

— Brûlée! Bon, d'accord.

— Brûlée! Je ne peux pas attendre demain.

— Brûlée! Où est Teddy?

— Brûlée! C'est le cimetière que je vois là-bas?

— Brûlée! Est-ce que c'est un rêve?

— Brûlée! Amène-moi Teddy.

— Brûlée! C'est le matin. Où es-tu?

Naturellement, on ne peut pas se rendre à Greenview tout de suite. Ce serait trop facile. Il faut d'abord aller à l'église. Pourquoi?

— On ne manque jamais l'église, tu le sais bien.

— Ouais...

Je lève les yeux au ciel.

— Dieu avant tout, hein? Les gens meurent de faim, mais quand les Bird ne sont pas à l'église, la Terre arrête de tourner.

— Attention à ce que tu dis!

Je m'assieds sur le banc comme un zombie avec des dents bien blanches. Le pasteur Nolan parle de joie éternelle, mais la seule chose éternelle, c'est son sermon. Ensuite, on va à Swiss Chalet.

— Pourquoi on n'emmène pas Mamie?

À voir leur tête, on croirait que j'ai beuglé « Lâchez les chiens! »

— Un autre jour, dit maman. Ta grand-mère doit d'abord s'habituer à sa nouvelle résidence.

Papa acquiesce.

— Si on la fait sortir maintenant, il nous faudra un pistolet Taser pour la ramener.

J'engloutis mon plat et je ne prends pas de dessert, trop pressée d'aller à Greenview. Maman prend son temps. On dirait qu'elle traîne par exprès. Apparemment, pour elle, « savourer sa nourriture » signifie mâcher à s'en faire tomber la mâchoire.

— C'était délicieux, non? dit-elle en se tapotant les lèvres avec une serviette.

— Tu as du chou entre les dents, lui fais-je remarquer.

***

On arrive enfin à Greenview.

— Sois sage, sinon..., me prévient maman.

J'ai la tête pleine de jurons. Je ne savais même pas que j'en connaissais autant.

— C'est la deuxième fenêtre à partir de la gauche, au troisième étage, signale papa. Mamie a une vue imprenable sur la tombe de grand-papa. Quand elle pense à lui, elle n'a qu'à regarder dehors, et il est là. C'est chouette, non?

Il est sérieux?

Nous nous inscrivons à la réception, située entre une boutique de friandises et une porte coulissante qui donne accès à un petit jardin. Ils m'ont mise sur la liste officielle des visiteurs pour m'apaiser. La femme derrière le bureau a des allures de meneuse de claque du siècle dernier. Je ne l'ai jamais croisée en ville, c'est probablement pour ça qu'elle me sourit.

— Alors tu es Zoé? dit-elle. Je m'appelle Amy. Ta grand-mère n'arrête pas de parler de toi...

OK, c'est une gentille meneuse de claque.

— Moi aussi, je pense à Mamie tout le temps.

On prend l'ascenseur et on entre dans le service de Mamie, fermé par une porte à digicode. J'aperçois le bureau des infirmières au fond d'une grande salle de détente : à droite, quelques sofas et des tables à manger; à gauche, un demi-cercle de personnes en fauteuil roulant qui regardent la télévision la bouche ouverte.

— C'est un endroit agréable, non? commente maman. Ça ne sent pas le pipi.

— Il ne faudra pas que tu oublies de mettre un commentaire sur Trip Advisor : « Super-hôtel. Ne sent pas le pipi! »

Avant que maman ait pu répondre, une infirmière vient à notre rencontre : «Bonjour, je m'appelle Lisa», et nous empruntons le couloir jusqu'à la chambre de Mamie.

— La chambre est petite, mais elle est individuelle et équipée d'une salle de bains, annonce papa. Ta grand-mère se nourrira mieux ici que chez elle. Elle aura droit à deux bains par semaine, et ses vêtements sont étiquetés : ils ne risquent pas de se perdre pendant la lessive.

— Et il y a plein d'activités, complète maman. Chorale, bingo... C'est comme une colonie de vacances pour personnes âgées. Ta grand-mère ne sera plus seule dans sa maison pleine de moisissures; elle aura de la compagnie.

— Ouais. Genre le docteur Rutherford. Mamie le déteste.

C'est un pervers.

— Zoé…, dit papa d'un ton implorant.

Sur chaque porte, il y a une vitrine contenant des photos, médailles et figurines. Papa m'explique que c'est pour aider les résidents à retrouver leur chambre. Par les portes entrouvertes, je vois des gens âgés qui regardent par la fenêtre. Je parie qu'ils attendent des visiteurs qui ne viennent jamais. Ça ne risque pas d'arriver à Mamie. Je passerai tous les jours.

On s'arrête devant la chambre de Mamie. Dans sa vitrine, il y a une photo d'elle, avec grand-papa et nous. *Pourquoi n'ont-ils pas mis un nid d'oiseau?*

Papa frappe et entrouvre la porte.

— Maman. Devine qui vient te rendre visite?

— Ah, c'est pas trop tôt!

Mamie est assise sur son lit, vêtue d'un pantalon en molleton noir et de son gilet noir. Elle a son sac à main en cuir rouge sur l'épaule. Les placards et les tiroirs de la commode sont ouverts, vides. Elle a mis ses vêtements dans un balluchon improvisé avec un drap du lit. Ses tableaux sont appuyés contre le nain de jardin.

— Maman!

Mamie se lève.

— J'ai fait mes valises. Ramenez-moi chez moi.

— Vous êtes chez vous, Grace, affirme maman.

— Je parlais à mon fils.

— Carrie a raison, maman, renchérit papa. C'est ici ta maison, maintenant.

— C'est faux. J'habite la maison des Oiseaux, au 125, Maple

Street. Ton père y est mort, tout comme ton grand-père et ton arrière-grand-père. C'est là que je vais mourir aussi. Prends mes affaires. Rends-toi utile.

Je ramasse le balluchon.

— Pose ça, Zoé! ordonne papa.

Puis, à l'intention de Mamie, il lance :

— Ne complique pas les choses, maman. C'est déjà assez difficile.

— Difficile pour qui?

— Pour nous tous.

— Je ne veux pas rester ici, Tim. Il y a des gens qui crient des âneries. Si on n'est pas fou en arrivant, on est sûr de le devenir.

Mamie s'accroche à papa.

— S'il te plaît. Quoi que j'aie fait, pardonne-moi. Mais ne me laisse pas ici.

— Je vais attendre dans la voiture, dit maman à voix basse.

Elle s'en va, une main devant les yeux.

— Je suis désolée, maman, dit papa. On reviendra quand tu seras reposée.

Il détache doucement les mains de Mamie de ses bras. Elle s'effondre sur le lit. Papa me lance un regard oblique.

— Dis au revoir, Zoé.

— Papa, laisse-moi rester s'il te plaît. Je vais calmer Mamie.

Il danse d'un pied sur l'autre; on entend presque la sueur clapoter entre ses orteils.

— D'accord. Mais sois rentrée avant le souper.

13

Assises près de la fenêtre, Mamie et moi regardons maman et papa monter dans la voiture et s'en aller. Les chaises et le matelas appartiennent à Greenview. Les résidents n'ont pas le droit d'apporter leur mobilier, au cas où il serait infesté de punaises de lit, même s'il n'y en avait pas chez Mamie.

— J'ai besoin de Teddy, déclare-t-elle en tripotant son alliance. Si Teddy savait ce qui se passe…

— Oncle Teddy est parti, Mamie.

— Parti, parti… Pourquoi a-t-il fallu que ça se passe comme ça?

— Mamie, je ne sais pas ce qui est arrivé, mais je suis sûre que ce n'est pas ta faute.

— Teddy. J'ai besoin de Teddy. Il ne me laisserait jamais ici. S'il savait…

— J'ai vu un petit jardin en arrivant. Ça te dirait d'y aller?

— Quoi?

— Il y a des fleurs, en bas. Tu n'as pas envie de voir les fleurs?

— Des fleurs?

Elle semble désorientée.

— Il y a des jonquilles?

— Allons voir.

Nous empruntons le couloir bras dessus, bras dessous.

— On descend dans le jardin, dis-je à l'infirmière prénommée Lisa.

— Amusez-vous bien.

Elle m'indique la porte du menton.

— Pour ouvrir, tapez le code inscrit au-dessus du clavier.

— À quoi bon mettre un code si tout le monde peut le voir?

— C'est pour empêcher les résidents de se perdre.

— Vous voulez dire qu'ils ne comprennent pas comment ça marche?

— Pas à cet étage, non.

Je jette un coup d'œil à Mamie, qui promène un regard perplexe autour d'elle. *Est-ce que maman et papa deviendront comme ça un jour? Et moi?*

Je tape le code, la porte s'ouvre, et j'invite Mamie à monter dans l'ascenseur. Elle semble un peu plus calme. *Que pense-t-elle? Est-ce qu'elle sait où on est?*

À la réception, Amy nous salue de la main.

— Madame Bird, quel plaisir de vous voir!

— Quel plaisir de *vous* voir, acquiesce vaguement Mamie.

— Bonne promenade, ajoute Amy en appuyant sur un bouton derrière son bureau.

Les portes s'ouvrent en coulissant. Nous allons nous asseoir sur un banc pour contempler les fleurs. Soudain, Mamie se tapote les cuisses et fronce les sourcils. Elle regarde son pantalon en molleton, l'air perplexe.

— Où est ma robe?

Je me suis posé la question, moi aussi.

— Chez le nettoyeur.

— Fais-moi penser à aller la chercher.

Pendant les deux heures suivantes, Mamie se repose, la tête sur mon épaule; je lui caresse les cheveux.

— Je me sens bizarre, dit-elle au bout d'un moment. J'ai l'impression d'avoir du coton dans la tête. Je crois que j'ai besoin de m'allonger un peu.

— Comme tu veux.

Je la reconduis à l'ascenseur.

— Où on va? me demande-t-elle.

— On monte.

— Pourquoi?

— Pour que tu puisses faire la sieste.

— Je crois que je serais mieux sur mon canapé.

Elle accepte quand même mon bras, me suit dans l'ascenseur et me laisse la conduire jusqu'à sa chambre. Elle s'arrête net en voyant les photos dans la vitrine.

— Qu'est-ce que ça fait là, ça?

— Maman et papa ont pensé te faire plaisir.

— Leur place est à la maison.

— On les rapportera.

Nous entrons dans sa chambre. Les employés ont tout remis en place, comme maman et papa l'avaient fait.

— J'ai rêvé que j'étais dans cette pièce...

Mamie plisse le front; elle ouvre la penderie.

— Que font mes vêtements ici? Je me revois les sortir.

Elle se tourne vers la table de nuit, s'en approche à la hâte et déplace les photos de famille.

— Où est Teddy? Il n'est plus là.

— Tout va bien, Mamie. Je t'apporterai sa photo demain.

— Oui. J'ai besoin de Teddy. Je ne peux pas oublier Teddy.

— Tu n'oublieras jamais oncle Teddy, dis-je en m'asseyant près d'elle sur le lit. Ça a dû être horrible quand il est mort.

Mamie s'étrangle :

— Teddy est mort?

Je lui prends la main et je la serre dans la mienne.

— Oui, Mamie. Il y a des années, à Elmira.

— Teddy n'est jamais mort à Elmira. Il a déménagé à Toronto. J'ai reçu des cartes et des lettres. Il a un nouvel appartement, en face d'un parc.

— Mamie, tu ne te trompes pas, là?

— Non. Et toi?

Un travailleur de soutien entre en coup de vent dans la pièce.

— C'est l'heure du souper, madame Bird! lance-t-il, avant de repartir aussitôt.

— Je suis avec ma petite-fille! crie-t-elle dans son dos.

Je me lève.

— En fait, il faut que j'y aille…

— Je pars avec toi.

— Mamie, je suis désolée, mais ce n'est pas possible.

— Pourquoi?

— À cause de maman et papa. Si tu viens à la maison, ils

te raccompagneront ici et ils ne me laisseront plus jamais te revoir seule. Tu comprends?

Ses yeux disent non.

— Ne t'inquiète pas. Tu ne resteras pas longtemps à Greenview. Je vais bientôt te ramener à la maison des Oiseaux.

— D'accord. Je compte sur toi.

Mamie me serre dans ses bras.

— Je peux toujours compter sur toi, hein?

— Bien sûr que oui.

Je fonce vers l'ascenseur. Quand je sors dans le terrain de stationnement, Mamie est à sa fenêtre; elle me fait des signes de la main. *Elle se souvient que je lui ai rendu visite. Si elle était à la maison des Oiseaux... Si elle ne prenait pas ces médicaments... S'il n'y avait pas papa et maman...*

Je marche à reculons. On s'envoie des baisers. Puis les arbres nous bloquent la vue, et je peux m'enfuir sans qu'elle me voie pleurer.

* * *

Quand j'arrive à la maison, l'enseigne *Chez Carrie — Salon de coiffure* clignote à la fenêtre. Je suis trop furieuse pour avoir honte. Maman et papa boivent une limonade sur la terrasse. Je remonte l'allée au pas de charge.

— Tu rentres à l'heure. C'est bien, commente papa, comme si on allait prendre un nouveau départ.

— C'était chouette, cette visite? me demande maman.

— Qui a eu l'idée de mettre Mamie en pantalon?

— Chut!

Maman regarde la haie. Elle a peur que les voisins nous entendent.

— Les ceintures élastiques sont plus pratiques pour le personnel quand ta grand-mère va aux toilettes.

— Elle peut y aller seule.

— Pas à temps.

— Comme toi au Mexique! De plus, où est passée la photo d'oncle Teddy? Vous avez cru que Mamie ne remarquerait pas qu'elle avait disparu?

— Qu'est-ce que tu racontes? demande papa. Si elle s'est égarée, je la retrouverai.

— Si tu trouvais plutôt oncle Teddy? Il s'est «égaré» à Toronto, c'est ça?

La limonade jaillit par les narines de papa. Maman fait un drôle de bruit avec sa paille.

— Vous m'avez laissé croire qu'il était mort à Elmira. Il n'est même pas mort, je suppose?

Leurs yeux vont et viennent comme des lapins affolés.

— C'est tout comme, lâche papa, le visage couleur de cendre.

— Qu'est-ce que ça veut dire «c'est tout comme»?

— Teddy est parti quand j'avais sept ans, dit papa.

— Pourquoi?

— Ça ne te regarde pas.

— Pourquoi?

— Parce que.

Qu'est-ce que tu caches?

— Mamie veut le voir.

— Eh bien, Teddy, lui, ne veut pas la voir.

— Je ne te crois pas.

— Est-ce que Teddy est venu à l'enterrement de ton grand-père? Non! À celui de ton arrière-grand-père non plus. Peu importe ce que veut ta grand-mère, c'est trop tard.

— Si tu en es aussi sûr, appelle-le. Qu'il le dise lui-même.

Papa serre son gobelet en plastique si fort qu'il se fend. Du sang coule dans sa main.

— Ah, regarde ce que tu as fait!

Il se précipite dans la maison. Maman court derrière lui.

— Tim, attends! Je vais te chercher un linge.

Donc Mamie n'est pas folle : oncle Teddy est *bel et bien* vivant. Et il vit à Toronto. Je prends mon téléphone et je cherche son numéro sur Canada 411. Il y a des douzaines de Bird dans la ville, mais pas de T pour Ted ni de E pour Edward. *Zut! Peut-être qu'il a un téléphone cellulaire...* Je cherche sur Facebook, Twitter, et tout un tas d'autres sites. Rien.

Je m'affale sur les marches de la terrasse. *Mamie dit qu'elle a reçu des cartes et des lettres, mais elles sont anciennes. Teddy a peut-être encore déménagé. Et s'il refuse de nous aider? Mamie se fait peut-être des idées. Elle risque d'être déçue.*

Ou pas.

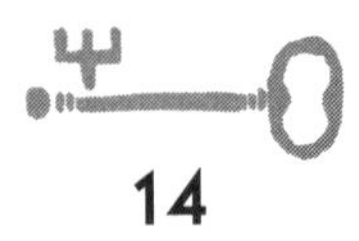

14

Le lundi matin, j'arrive à l'école en même temps que les autobus qui viennent de la campagne. Lèche-bottes attend Dylan. On fait semblant de ne pas se voir. Je cadenasse mon vélo et je me dirige vers l'entrée.

— Zoé, attends! me crie Ricky.

Il descend de son autobus et me rejoint.

— C'est au sujet de ta grand-mère... Je voulais te dire : il arrive la même chose à mon grand-père, et c'est vraiment dur.

Il danse d'un pied sur l'autre.

— Alors, je pense à toi...

Pardon? Est-ce que j'ai bien entendu?

— Merci.

Ricky rougit.

— De rien. C'était juste pour que tu saches.

Il se penche vers moi, l'air soudain très sérieux.

— J'ai dit à Madi de s'excuser pour ce qu'elle a raconté sur ta grand-mère.

— Elle ne le fera jamais.

— Elle devrait.

Mon cœur manque de déborder.

— Ouais, sans doute. En tout cas, c'est vraiment sympa de

lui avoir dit ça.

Ricky s'apprête à ajouter quelque chose, puis il se ravise. Il me décoche un sourire timide, un peu de travers, et s'éclipse.

Je nage dans le bonheur. Entre autres, parce que Lèche-bottes est bouche bée. Je vais à mon cours de géographie en flottant sur un petit nuage : *Ricky pense à moi. Waouh! Quand il s'est penché vers moi, il sentait trop bon. Qu'est-ce qu'il a voulu me dire avant de partir?*

Il faut que j'arrête de me faire des illusions.

Pourquoi pas rêver? Il a dit à Lèche-bottes de s'excuser! Il ne l'aurait pas fait si je ne comptais pas pour lui.

Pendant toute la matinée, je pense à Ricky en dessinant papa et maman en enfer. La perruque de maman est enfoncée dans sa bouche pour étouffer ses hurlements, et Satan a planté sa fourche dans les fesses de papa.

Au dîner, je décoche un sourire à Ricky, qui me sourit en retour. Je fonds. Il est tellement adorable que je suis à deux doigts de me lever pour aller m'asseoir près de lui, mais j'ai peur de tout gâcher. Pour la première fois depuis longtemps, je mange sans avoir envie de vomir.

En tout cas, jusqu'au moment où, juste avant la cloche, Lèche-bottes et ses lèche-bottines viennent s'asseoir à ma table sans même me demander la permission.

— Ma pauvre, commence Lèche-bottes. Je serais hors de moi si ma grand-mère avait attaqué un type avec un couteau. Heureusement qu'ils l'ont enfermée, hein?

Je lui balance mon soda à la figure et je sors de la cafétéria en regardant droit devant moi.

— Zoé, c'est bon! crie-t-elle en courant dans mon sillage. Je te pardonne. Je sais à quel point ça doit être dur.

Une petite foule d'élèves nous suit, assoiffée de sang.

Ne cours pas. Ne pleure pas. Ça lui ferait trop plaisir.

— Attends! m'implore-t-elle. Je t'aime tellement. Je veux juste que ta grand-mère reçoive toute l'aide dont elle a besoin.

Si je pouvais seulement m'enfermer aux toilettes et me mettre les doigts dans les oreilles...

Lèche-bottes m'attrape par le coude.

— S'il te plaît, Zoé, je me fais vraiment du souci pour toi.

Je pivote brusquement.

— N'importe quoi! Tu n'es qu'une sale Lèche-bottes, et ton père est un alcoolique. Son oncle a perdu connaissance sur la voie ferrée parce qu'il avait trop bu. Des chiens lui ont bouffé les tripes.

— C'est un mensonge!

— Tu crois vraiment, espèce de tarée?

Je lui tape l'épaule. Lèche-bottes se jette en arrière contre les casiers, comme si j'étais une version féminine de Hulk. Elle atterrit par terre en hurlant :

— Au secours! Arrêtez-la!

— Une bagarre! Une bagarre! scandent les élèves.

Dylan m'attrape par-derrière. Je me tortille et je lui balance des coups de pied dans les tibias.

— Lâche-moi!

Est-ce que Ricky est là? Est-ce qu'il voit ça? Pitié, faites que non.

M. Jeffries se fraye un chemin dans la foule. Il a des taches de sueur sous les aisselles et son haleine sent les œufs brouillés.

— Arrêtez!

Il s'agenouille, passe un bras autour des épaules de Lèche-bottes.

— Est-ce que ça va?

— Je ne sais pas, sanglote-t-elle.

— C'est Zoé! balance Caitlyn. Elle s'est jetée sur elle sans raison.

M. Jeffries me foudroie du regard, puis nous emmène chez le directeur adjoint en soutenant Lèche-bottes qui boite.

M. Watson nous interroge, la mine sévère :

— Que s'est-il passé?

— C'est elle qui a commencé, dis-je.

Il me fait taire d'un geste et se tourne vers princesse Lèche-bottes, qui joue les victimes :

— Zoé m'a traitée de t-t-t-tarée et m'a cognée contre les casiers, alors que je disais juste que je souhaitais bonne chance à sa grand-mère après ce qui s'est passé à la maison des Oiseaux.

M. Watson me suspend de l'école pendant trois jours.

* * *

Quand je rentre à la maison, mes parents me font asseoir à la table de la cuisine. Maman sort un mouchoir.

— Comment va-t-on affronter ta tante Jess et ton oncle Chad?

À quatre pattes, comme d'habitude.

Papa abat son poing sur la table.

— Tu es privée de sorties pendant un mois. Et plus de téléphone!

— Quoi? Encore!

— Pendant *deux* mois! ajoute papa. Madi essaie d'être gentille, et toi, qu'est-ce que tu fais? Tu lui lances du Coca-Cola à la figure, tu insultes sa famille, tu la jettes par terre...

— Ça ne s'est pas passé comme ça.

— Ta grand-mère te met la tête à l'envers. Plus de Mamie jusqu'au week-end.

— Je vous déteste. Je voudrais que vous soyez morts.

La lèvre de maman tremble.

— Qu'est-ce qu'on a fait pour mériter ça?

— Tu es tombée enceinte, c'est tout. Pourquoi tu ne t'es pas débarrassée de moi? Tu aurais dû le faire!

Je me précipite dans ma chambre et j'enfonce mon visage dans mon oreiller. Un tourbillon de cris. «LAISSEZ-MOI TRANQUILLE, LAISSEZ-MOI TRANQUILLE, LAISSEZ-MOI TRANQUILLE!!!»

Je continue jusqu'à ce qu'ils me fichent la paix.

15

Mardi midi. Tante Jess et oncle Chad nous ont convoqués chez eux pour le dîner. Dans ma tenue d'église, j'ai l'impression d'aller à des auditions pour les *Stars du couvent.* Comme oncle Chad a garé leurs fourgonnettes dans l'allée, nous sommes obligés de nous stationner dans la rue. En esquivant le jet de l'arroseur automatique, j'ironise :

— Vous avez apporté un parapluie?

— Tiens-toi bien, Zoé!

Papa nous fait son petit numéro habituel avec le marteau à tête de lion : *tap tabada tap, tap.* Naturellement, nos hôtes nous font attendre. Papa frappe encore deux coups, et tante Jess vient enfin ouvrir la porte.

— Entrez! s'exclame-t-elle, comme si c'était une agréable surprise.

— On enlève nos chaussures? demande papa, optimiste.

— Non, non, gardez-les.

Sage décision.

Oncle Chad porte un polo à col ouvert. Les poils de sa poitrine me font penser à un tampon à récurer. Il nous indique leur canapé en similicuir.

— Asseyez-vous!

— J'avais oublié comme c'était joli, chez vous, commente maman en regardant les cadres dorés et les tapis zébrés autour d'elle.

— Bah, on s'y sent bien, dit tante Jess en poussant l'antique chariot de service de sa mère, sur lequel elle a disposé café, sandwichs au concombre et brownies Sara Lee.

Tout le monde est servi, sauf moi. Tante Jess et oncle Chad se renversent dans leurs fauteuils inclinables assortis.

— On sort d'une semaine difficile, hein? soupire tante Jess.

Maman hoche la tête.

— C'est sûr. Et sachez qu'on est désolés pour ce qui s'est passé à l'école, hier. N'est-ce pas, Zoé?

Je hoche la tête, ravalant ma fierté. Tante Jess regarde oncle Chad; il croise les mains sur son ventre.

— Alors, Tim... Comment proposes-tu de régler la situation?

Papa se tortille sur son siège.

— Ne vous inquiétez pas. Carrie et moi pouvons gérer ça.

— Vraiment?

— On ne dit pas que c'est votre faute, intervient tante Jess. On n'a pas été confrontés aux mêmes problèmes que vous. N'est-ce pas, Chad?

Hé! ho! Je suis là!

Oncle Chad continue de regarder papa fixement.

Dis quelque chose, papa. Il te ridiculise!

— Si vous n'étiez pas de la famille, il y aurait un procès, ajoute-t-il. On ne plaisante pas avec ce genre d'agression.

— Une agression?

Papa se racle la gorge.

— C'est un peu excessif, comme mot, non?

— Pas après les menaces.

— Quelles menaces?

Maman blêmit.

— Les amies de Madi, Katie et Caitlyn, nous ont dit des choses que nous ne pouvons pas répéter, affirme tante Jess.

— Quoi qu'elles aient raconté, elles mentent! dis-je.

On me regarde comme si j'étais un insecte qu'il faut écraser. Tante Jess se mord la lèvre.

— Je ne parle même pas des calomnies contre notre famille. Zoé a dit à tout le monde que l'oncle de Chad avait perdu connaissance sur la voie ferrée. Elle a prétendu que les chiens lui avaient dévoré les… Je ne peux même pas le dire.

Maman plaque une main devant sa bouche.

— Bien sûr, notre principale préoccupation est la jeune fille qui pleure à l'étage, reprend oncle Chad. Ce qui lui a fait le plus de mal, c'est d'avoir été agressée par sa cousine, sa meilleure amie qu'elle défend depuis des années.

Quoi?

Papa me regarde d'un air sévère pour faire croire à oncle Chad qu'il a de l'autorité.

— Qu'est-ce que tu réponds à ça, Zoé?

Euh… je ne sais pas. « Va te faire voir »?

— Désolée.

— Peut-être voudrais-tu le dire à Madi?

Tante Jess se tourne vers la cage d'escalier.

— Chérie, ta cousine a quelque chose à te dire! crie-t-elle.

Lèche-bottes descend les marches en boitant du mauvais pied. Tante Jess lui cède son fauteuil et s'assied sur l'accoudoir, tout en lui tenant la main. Je fixe le milieu de son front.

— Je suis désolée pour hier.

Sainte Lèche-bottes bat des paupières.

— Je te pardonne. Je suis vraiment triste pour ta grand-mère. Je suis désolée si tu m'as mal comprise.

Oncle Chad regarde mes parents, l'air de dire «voilà comment on élève sa fille». Maman me donne un petit coup de coude.

— Zoé, tu veux bien dire «Merci, Madi»?

— Merci, Madi. Moi aussi, je suis désolée si je t'ai mal comprise. Tes parents affirment que je suis ta meilleure amie. C'est pour ça que je n'ai pas compris quand tu m'as interdit de m'asseoir avec toi à la cafétéria et de te parler, et quand tu as arrêté de me traiter comme un être humain.

— Pardon?

Apparemment, tante Jess est un peu sourde. À mon tour de battre des paupières.

— Madi m'a interdit de lui dire bonjour, car elle ne veut pas s'afficher avec une minable comme moi.

Les adultes ont l'air choqués. Ça ne ressemble tellement pas à Sainte-Lèche-bottes de sortir un truc pareil. L'intéressée prend une grande inspiration et nous fait une performance digne d'un Oscar :

— Je suis désolée. J'étais juste inquiète pour ma réputation.

J'avais peur que les gens pensent que je fais la même chose que toi parce qu'on est cousines.

— Quoi, par exemple?

— Ne m'oblige pas à le répéter.

— Madi, s'il y a des choses que ta tante et ton oncle doivent savoir, parle, intervient oncle Chad.

— Ce n'est peut-être même pas vrai, souligne Lèche-bottes. Vous savez comment sont les garçons. Ils se vantent...

Je me lève d'un bond.

— Oh! C'est vraiment...

— Assieds-toi! ordonne papa.

— Mais...

— Assieds-toi!

J'obéis. Parce que tout le monde me regarde. Parce que tout le monde se fiche de ce que je dis. Parce que je suis moi et qu'elle est elle...

— Tu peux monter te reposer si tu veux, propose tante Jess à Lèche-bottes.

La pauvre se lève sur des jambes flageolantes, avec une grimace de souffrance.

— Ça m'a fait plaisir de vous voir, tante Carrie et oncle Tim. Et toi, Zoé, quand tu reviendras à l'école, assieds-toi à ma table.

Sur ces mots, Notre-Dame des mensonges remonte l'escalier à cloche-pied. Oncle Chad et tante Jess se tournent vers mes parents, qui semblent vouloir disparaître sous le chariot à thé.

— Tu te rappelles cet établissement dont Chad t'a parlé l'été dernier? demande tante Jess à maman en lui passant une brochure posée sur le chariot. Ça marche au pas du matin jusqu'au soir.

— VOUS VOULEZ M'ENVOYER EN PENSION?

La façon dont elle me regarde me confirme que j'ai vu juste. Je me ratatine.

— Bon, eh bien, c'est réglé, dit oncle Chad.

Ils nous raccompagnent à la porte et font mine de ne pas remarquer l'arrosage automatique qui les trempe. Une fois dans la voiture, à peine a-t-on tourné au coin de la rue que maman pivote sur son siège.

— Je n'ai jamais été aussi embarrassée.

— En tout cas, pas *aujourd'hui,* je marmonne.

Papa crispe les mains sur le volant.

— Ce n'est pas une plaisanterie, Zoé. La prochaine fois, tu vas en pension, même si ça doit nous coûter l'argent de la boutique.

— Quoi, vous voulez m'enfermer comme Mamie?

— On ne peut pas te laisser gâcher ta vie, répond papa. On t'aime.

Je croise les bras et je regarde par la fenêtre.

— C'est ça, oui.

À partir de maintenant, vous pouvez toujours courir pour que je vous dise quoi que ce soit.

16

Aussitôt arrivée, je compose le numéro de Mamie sur le téléphone fixe de la cuisine.

— Salut, Mamie, c'est Zoé. Si tu m'as appelée, désolée, je n'ai pas eu tes messages. Maman et papa m'ont pris mon téléphone. Ils m'ont interdit de te voir avant le week-end.

— Comment ça? s'insurge-t-elle. Passe-moi ton père.

Je tends le récepteur à papa.

— Mamie veut te parler.

Il me fusille du regard, mais prend le téléphone.

— Maman, Zoé ne t'a pas tout dit, argumente-t-il. Elle s'est disputée avec Madi…

— Madi?

Mamie est tellement furieuse que je l'entends du fond de la cuisine :

— Qu'est-ce que cette petite morveuse a encore fait à Zoé?

— Ce n'est pas sa faute, maman… Calme-toi… S'il te plaît, maman…

Je salue mes parents d'un geste et je fonce dans ma chambre. Si j'avais été à la place d'oncle Teddy, je serais partie. Papa et maman seraient contents d'être débarrassés de moi. Ils n'auraient plus personne pour leur faire honte.

Je voudrais presque être morte, sauf que Lèche-bottes en profiterait. Elle s'habillerait tout en noir, et les gars feraient la queue pour lui offrir des mouchoirs.

Maman frappe à ma porte.

— On mange.

— Je n'ai pas faim.

— Comme tu veux.

Je ressors deux heures plus tard. Maman et papa regardent une émission de télé stupide, assis dans les fauteuils des sèche-cheveux. Mon repas est sur la table. Lasagnes froides et Jell-O.

— On a décidé qu'il valait mieux que ta grand-mère n'ait plus son téléphone cellulaire. Ça l'énerve trop.

Je fais semblant de ne pas entendre. Je feins l'indifférence. Ils n'imaginent pas à quel point ils vont me le payer.

***

Le lendemain matin, au déjeuner, je reste muette. Je souris comme une marionnette.

— Tu as bien dormi?

Hochement de tête.

— À quoi tu penses?

Haussement d'épaules.

— Dis quelque chose.

Sourcils levés : *Quoi?*

De retour dans ma chambre, je me prépare pour la deuxième manche.

Les filles de maman commencent à arriver vers 9 heures.

Aujourd'hui, c'est un peu spécial, parce que la plupart ne l'ont pas vue depuis que Mamie a été placée. Elles sont toutes du genre : «Carrie, tu es une sainte». J'attends que le salon soit bondé pour faire mon apparition.

Maman lave les cheveux de Mme Connelly; Mme Stuart est sous un séchoir; les autres papotent autour du coin-repas. En me voyant, elles se figent.

— Bonjour, dis-je avec un grand sourire.

Elles ont l'air surprises, parce qu'habituellement, je me contente de grogner. Je prends un magazine de coiffure et je m'assieds sur une chaise à roulettes.

— Alors, Zoé, les cours sont déjà finis aujourd'hui? me demande Mme Connelly.

— Pour moi, oui, dis-je d'une voix encore plus doucereuse que Lèche-bottes. J'ai été exclue parce que j'ai bousculé ma cousine Madi. Il paraît qu'elle est mourante.

— Ce n'est pas drôle, intervient maman.

— Désolée, dis-je avec une mine de chiot repentant. En fait, je suis très inquiète…

Maman me lance un regard d'avertissement.

— Quoi? C'est vrai! Sérieusement. Je suis ce que tu veux que je sois.

Allez, vas-y! Gueule-moi dessus et passe pour une tarée.

Maman est hyper tendue. Je l'imagine en train de noyer Mme Connelly dans le lavabo par inadvertance. Je fais le geste de sceller mes lèvres avec mes doigts et je reprends ma lecture. Les filles se tortillent et fixent la télévision, où les invités d'une émission matinale font la chasse aux tornades dans une Jeep.

Après leur départ, maman est tellement furieuse que je ne serais pas surprise de voir fondre sa perruque.

— Ne recommence jamais ça!

— Quoi?

— Tu sais très bien quoi.

Je regarde mes ongles.

— Je croyais que tu voulais que je sois plus polie…

* * *

Au souper, maman raconte à papa que je me suis donnée en spectacle. *Eh ouais, je suis le Cirque du Soleil à moi toute seule!* Ils me font la morale en me sortant les grands mots : la considération, le respect, la maturité, et je ne sais plus trop quoi, parce que je ne les écoute pas vraiment. Je fixe la perruque de maman, qu'elle n'arrête pas de tripoter. Papa dégouline de sueur. Cool!

— Bla bla bla bla bla!

Papa jette sa serviette.

— Bla bla bla bla bla!

Maman repousse sa chaise.

— Merci pour le repas, dis-je. Il faudra refaire ça, un de ces jours.

* * *

Le jeudi, je passe la journée à penser à Mamie. C'est horrible comme elle me manque. Quand je m'ennuie trop, je vais aux toilettes et je crie à l'intention des filles :

— Ne vous inquiétez pas, je ne viens pas vous voir! J'ai juste besoin de faire pipi!

J'invente aussi des sorts sataniques que je teste sur Lèche-bottes. Apparemment, ça ne fonctionne pas mieux que les prières; sans quoi, on aurait entendu un grand « boum » du côté de l'école.

Au souper, on dirait une famille de robots qui s'exercent à la conversation humaine. Maman se tamponne les yeux avec sa serviette; les sourcils de papa font des pompes. De retour dans ma chambre, je me laisse tomber sur le lit et je fixe le ventilateur au plafond.

Que se passerait-il si je mettais la tête entre les pales?

J'entends maman s'adresser à papa :

— Greenview a appelé cet après-midi. Ils n'arrivent pas à faire prendre de bain à ta mère. Ça fait trois jours qu'ils essaient. Elle leur balance des trucs à la figure.

Si tu étais réveillée par des inconnus qui essaient de te déshabiller, est-ce que tu ne ferais pas la même chose?

Je vais aux toilettes, je remplis la baignoire, je mets la tête sous l'eau et je crie.

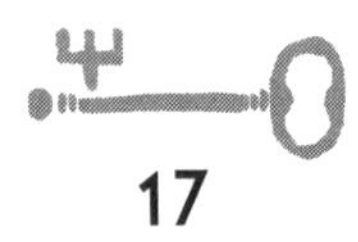

17

Le vendredi matin, je suis de retour à l'école. En première période, affalée sur mon siège, ma veste sur les épaules, je défie Mme Bundy de m'interroger. Elle s'abstient. Parfait.

Lèche-bottes se pointe pour le cours d'anglais, en deuxième période, perchée sur des béquilles couvertes d'autographes et d'autocollants bonhomme sourire. Elle me lance un regard en coin.

CRÈVE, SALE VACHE.

À la cloche, elle patiente près de la porte. Est-ce qu'elle veut me parler? Je lui passe devant comme si elle n'était pas là. Elle me rattrape à mon casier. En triant mes livres, je l'interroge :

— Tu me harcèles, ou quoi?

— Zoé…

— Quoi?

Elle se mord la lèvre.

— J'ai réfléchi…

— Ça alors. C'est nouveau.

— S'il te plaît, Zoé. Tu as raison. J'ai été une vraie vache.

— Si tu le dis. Mais désolée, il faut que j'aille dîner.

Je prends mon sandwich et je me dirige vers la cour, de l'autre côté du terrain de stationnement. Lèche-bottes me suit en sautillant.

— Je n'ai jamais voulu que ça se passe comme ça. Tous ces trucs horribles… je ne sais pas comment c'est arrivé.

— C'est arrivé parce que tu l'as fait.

— OK, si tu veux. Tout est ma faute. Tu es parfaite, je suis nulle et tu as des ennuis à cause de moi. Mais je veux me racheter.

— C'est ça, ouais… Dis-moi plutôt où tu veux en venir.

Lèche-bottes sanglote à moitié.

— Je veux juste t'inviter à une fête samedi soir.

— Bien tenté. Il n'y a pas de fête, c'est ça? Tu veux me faire envie, et quand j'arriverai sur place, il n'y aura personne et tu te foutras de moi, comme d'habitude.

— Mais non, pas du tout!

Lèche-bottes sort un mouchoir.

— Dylan organise une fête surprise pour Ricky qui a été accepté dans l'équipe de football. Il n'y aura que deux ou trois gars, plus moi, Katie et Caitlyn. Les gars l'amèneront à 11 heures. Viens avec moi.

— Qu'est-ce que tu demandes en échange?

— Rien.

— Si, forcément. Sinon, pourquoi tu voudrais m'emmener à une fête?

— OK, tu as raison, je ne veux pas réellement.

Elle fourre le mouchoir dans sa poche.

— Mais apparemment, Ricky t'aime bien — va savoir pourquoi. Il m'a demandé un million de fois de m'excuser pour l'histoire de ta grand-mère. Non, mais sérieux! Sauf qu'il est ami avec Dylan. Si tu es là grâce à moi, il me fichera la paix. Mais bon, reste chez toi si tu veux, je n'en mourrai pas. En fait, oublie que je t'ai invitée.

Elle balance ses cheveux dans son dos et s'éloigne à cloche-pied sur l'asphalte.

Mes pieds me démangent. *Ricky lui a demandé de s'excuser. Alors, ce qu'il m'a dit, c'était vrai.*

— Madi! Attends!

Je cours derrière elle.

— D'accord, c'est bon, je viens.

— Trop tard. Tu as laissé passer ta chance.

— Excuse-moi. J'ai parlé sans réfléchir.

Elle continue de s'éloigner avec ses béquilles, comme si elle ne m'entendait pas. Je lui ouvre la porte.

— Je suis sérieuse. Emmène-moi à la fête et je dirai à Ricky que tu t'es excusée. Je lui dirai même que tu étais sincère.

— Chut!

Elle s'arrête, furieuse, et indique du menton les élèves qui nous dépassent.

— C'est une surprise! Tu veux que tout le monde soit au courant?

— Désolée.

— Tu passes ton temps à t'excuser. Mais bon, d'accord.

— Merci. Il y a juste un petit problème. Comment je vais à la ferme de Dylan?

— Tu veux dire qu'on doit t'emmener, en plus? demande-t-elle comme si j'avais trois ans.

— S'il te plaît... Je pourrai m'échapper quand maman et papa seront au lit.

— C'est-à-dire?

— À 10 heures.

— Ça fait juste.

— Je sais, mais je suis privée de sortie, rappelle-toi.

— Bon...

Elle lève les yeux au ciel.

— Je serai avec Dylan dans le 4 x 4 de son père au parc, en bas de chez toi à 10 h 15. On doit absolument arriver chez Dylan avant Ricky. Si tu es en retard, on part sans toi. Et pas un mot de plus, ou je retire l'invitation.

Je hoche la tête.

— D'accord.

Jusqu'à la fin de la journée, j'ai l'impression de flotter dans les couloirs. Je croise Ricky après la dernière sonnerie.

— Ça fait plaisir de te revoir, dit-il en me décochant son sourire spécial. Comment s'est passée ta suspension?

— Bien.

Je rougis.

— J'imagine que tu as vu la soi-disant bagarre?

Il secoue la tête.

— Non. J'étais sorti réviser pour mon examen d'histoire.

— Tant mieux. C'était plutôt gênant.

— Elle l'avait mérité. Bon, il faut que je file si je ne veux pas rater mon autobus. À plus...

Il me salue d'un geste de la main.

— Ouais.

À demain, à ta fête. Ha! ha!

Je nous imagine, nous retrouvant dans un coin tranquille, intentionnellement par accident. Je nous imagine dans les bras l'un de l'autre.

Je nous imagine…

Respire. Respire.

18

Le samedi matin, je récupère un sac de plastique planqué tout en haut de mon armoire. Il contient une jupe et un haut dos nu que j'ai achetés avec mon argent de Noël, l'an dernier. Maman m'a interdit de les porter : « La jupe est trop courte et le haut trop moulant », mais j'ai refusé de les rendre, et ils sont là depuis.

Comme j'ai un peu grandi, la jupe est encore plus courte et le haut encore plus serré. Parfait. *Sauf si mes parents me voient dans cette tenue.* Mais ça n'arrivera pas. *Et si ça arrive...* OK, ils me tueront, mais je serai déjà morte parce que je serai sortie en cachette, alors, on s'en fout.

Je réfléchis aussi au maquillage. Je voudrais en porter pour Ricky, mais j'ai peur de le rater. Au fond de mon tiroir de sous-vêtements, j'ai une trousse de base que maman m'a achetée après que tante Jess en a offert une à sa fille. Le premier jour, j'ai couru chez Lèche-bottes pour mendier des conseils. Elle m'a regardée de haut, comme si j'étais une ignare. Maman a essayé de m'aider, mais elle est tellement nulle qu'à la fin, je ressemblais au Joker.

À partir de là, j'ai déclaré haut et fort que le maquillage donnait l'air artificiel. Très peu pour moi.

— Tu préfères avoir l'air moche? m'a lancé Lèche-bottes.

Ha ha. Seulement, maintenant, je préférerais l'avoir écoutée et m'être exercée. Je vais sur YouTube et je clique sur *Appliquer le mascara comme une pro* et *Conseils de beauté pour les débutantes.* Ce n'est peut-être pas si difficile, après tout.

* * *

En milieu d'après-midi, je rends une petite visite à Mamie, la première de la semaine grâce à maman et papa. Ses tableaux sont appuyés contre sa table de chevet, à côté du nain de jardin et de son balluchon. Elle est à quatre pattes, en train de regarder sous le lit.

— Crème brûlée, Mamie.

Elle relève brusquement la tête.

— Ma puce!

— Qu'est-ce que tu cherches?

Mamie hausse les épaules.

— Quoi que ce soit, ce n'était pas là. Mais viens, assieds-toi.

Elle tapote le lit à côté d'elle.

— J'ai pris une décision. Je vais voir ton oncle Teddy à Toronto. Viens avec moi.

— Euh, Mamie, je ne pense pas que ce soit le jour idéal pour voyager.

— Pourquoi?

— Parce que…

— Parce que quoi?

— Parce que maman et papa. Et aussi, comment irait-on?

La gare est à Woodstock et je ne sais pas conduire.

— Moi oui, banane.

— Tu n'as pas pris l'autoroute depuis des années.

— Et alors? Je peux quand même nous emmener à Woodstock.

— Il nous faudrait de l'argent pour le voyage. Pour acheter les billets, et de quoi manger…

— J'ai une réserve d'argent à la maison.

— Où ça?

— Moins tu en sais…

Mamie se tapote le nez.

— Viens. S'il te plaît. J'ai besoin de toi. J'oublie parfois des choses. Mais si tu étais avec moi, tu saurais quoi faire jusqu'à ce que j'aie retrouvé toute ma tête.

Bon, c'est l'heure de vérité. Je lui prends la main.

— Mamie, c'est difficile à dire, mais si on allait à Toronto et que l'oncle Teddy ne voulait pas te voir?

— Il voudrait.

— Il n'est pas venu à l'enterrement de grand-papa.

Mamie bat des paupières.

— Ils ne s'entendaient pas.

— C'est plus que ça. Oncle Teddy n'est jamais revenu à la maison, pour rien du tout. Tu dis qu'il écrit, mais papa met ton courrier dans le corridor. Je n'ai jamais vu son nom nulle part.

— Ne m'embrouille pas.

Elle serre ma main.

— Peu importe ce qui s'est passé, Teddy ne me laissera pas mourir ici.

— Mamie, on ne sait même pas s'il est encore à Toronto.

— Il y est forcément.

— Son numéro n'est pas dans l'annuaire. Il a peut-être déménagé.

— Non!

Elle enfonce son visage dans mon épaule.

— J'ai besoin de le revoir. Juste une fois. Je dois lui dire que je suis désolée. J'ai besoin qu'il me pardonne.

— Pour quoi?

— Pour tout.

Il y a un silence terrible. Je la laisse me serrer dans ses bras, puis je m'écarte doucement.

— J'ai un truc à faire, Mamie. Mais je reviendrai demain. On en reparlera à ce moment-là. D'accord?

Mamie ne dit rien. Je quitte sa chambre. En arrivant sur le terrain de stationnement, je lève les yeux. Elle n'est pas à la fenêtre.

19

Quand mes parents m'ont confisqué mon téléphone l'été dernier, ils m'ont acheté une montre, histoire que ça ne me serve pas d'excuse pour être en retard. Rectification : ils m'ont acheté un bout de plastique rose à l'effigie des héroïnes de *La Reine des Neiges.* Dix minutes après l'œil droit de la princesse Anna, le souper se termine enfin.

Gratin au thon. Est-ce que j'avais vraiment besoin de sentir le poisson?

Je me brosse les dents pendant une bonne demi-heure avant de rejoindre ma chambre. J'enfile mes vêtements de soirée sous ma robe de chambre, au cas où mes parents entreraient à l'improviste. Je repousse aussi le moment de me maquiller. Pour tuer le temps, je m'exerce à sourire devant le miroir.

De quoi va-t-on parler? Qu'est-ce qu'on a en commun, à part des grands-parents qui perdent la boule? C'est trop romantique! Oui, je sais : on va parler de l'équipe de football, de ses amis, de son sourire.

Je m'assieds sur mes mains pour éviter de me ronger les ongles jusqu'à l'os.

8 h 30. J'ouvre ma trousse de base. Je lisse les craquelures au bord des pastilles de fard à joues et j'humidifie le mascara

avec un peu de Visine. Il ne manquerait plus que j'attrape une conjonctivite.

8 h 50. Satisfaite du mascara et du traceur pour les yeux, je m'attaque au fard à joues, puis au rouge à lèvres.

9 h. Pas mal. Je décide d'ajouter quelques paillettes... Encore un peu... Ah non, c'est trop.

9 h 05. En voulant retirer des paillettes, j'abîme le trait. J'essaie de réparer les dégâts du bout du doigt... Mince, le côté gauche est plus clair que l'autre... Ah, et maintenant, c'est le contraire... OK, j'arrête. Si les lumières sont trop vives, je pourrai toujours me débarbouiller avant l'arrivée de Ricky.

9 h 30. Maman et papa sont toujours dans le salon, collés devant l'émission de téléréalité préférée de maman. Je me brosse les cheveux pour me calmer.

9 h 45. Pourquoi est-ce que le temps passe aussi lentement?

10 h. La télé s'éteint.

— Je n'en reviens pas qu'ils aient renvoyé la rousse chez elle. C'est fou, non? Tim? Tim, tu dors?

— Hein?

— Tu t'es encore endormi sur moi.

— Désolé. C'est les cachets.

— Tu devrais faire attention avec ces somnifères. C'est tous les soirs, maintenant, dit maman en allant aux toilettes.

Je les entends se brosser les dents. *Dépêchez-vous!* Et enfin, ils ferment la porte de leur chambre.

10 h 10. *Lèche-bottes, ne pars pas!*

Je longe le couloir sur la pointe des pieds et je sors par la porte de derrière. Le 4 x 4 de Dylan tourne au ralenti au parc. Je fonce vers le véhicule en agitant les bras pour qu'ils me voient dans le rétroviseur.

Lèche-bottes et Dylan sont assis à l'avant. Katie et Caitlyn, à l'arrière.

— On a réservé les places près des fenêtres, me prévient Caitlyn en sortant pour me laisser entrer.

Je m'assieds entre elles.

— Tu n'as pas eu de mal à t'échapper? me demande Lèche-bottes alors qu'on quitte la ville.

— Non, pas trop. J'ai juste dû attendre que papa et maman soient couchés. Désolée de vous avoir fait attendre.

— Pas de problème.

Elle me tend un soda alcoolisé. Je déteste boire de l'alcool, mais comme je ne veux pas avoir l'air idiote, je l'accepte.

— Merci.

Katie et Caitlyn pouffent. *Est-ce qu'elles sont déjà soûles?*

La route est quasiment déserte, et les fermes sont plongées dans l'obscurité. Alors que je bois une gorgée de rhum aromatisé, on dépasse sans s'arrêter la maison de Dylan, sur la droite. Je m'informe :

— La fête n'est pas chez Dylan?

— Il y a un petit changement de programme.

— C'est où, alors?

— Tu verras.

Je regarde Katie et Caitlyn. Elles sourient. J'essaie de rester calme.

— Il y a bien une fête, hein?

— Bien sûr, répond Lèche-bottes. Mais pas celle à laquelle tu t'attends.

— OK, dis-je d'une voix tremblante. Mais Ricky sera là?

— J'ai bien peur qu'il ne puisse pas venir. C'est dommage, hein, ma chérie? Alors que tu es si bien habillée! Cela dit, il s'en fout. Il ne t'aime pas vraiment, il a juste pitié de toi.

— Laissez-moi sortir.

— Je ne crois pas, non. Katie. Caitlyn.

Les deux filles se serrent contre moi. *Mon téléphone. Pourquoi mes parents m'ont-ils confisqué mon téléphone?* La canette de punch s'écrase dans ma main. J'en ai partout sur moi.

— Oh, mince! Tu as mouillé ton bandage — je veux dire ta jupe, ricane Katie. Il y a quoi, dessous? Une culotte spéciale pour Ricky?

Elles éclatent de rire.

Respire. Respire.

Dylan quitte la route pour s'engager sur McClennan Sideroad, un chemin de terre abandonné. Il s'arrête près d'un pont en métal rouillé. Il coupe le moteur et éteint les phares. Le décor est avalé par la nuit.

Lèche-bottes me braque une lampe de poche en pleine figure; Katie commence à filmer avec son téléphone.

— Sors.

— Qu'est-ce que vous allez faire?

— Devine.

Les portières s'ouvrent. Lèche-bottes et Dylan descendent

du 4 x 4. Je me jette en avant pour essayer d'appuyer sur le klaxon, mais Caitlyn me saisit la taille et me tire en arrière. Je m'accroche à l'appuie-tête de Lèche-bottes, qui me glisse entre les doigts. J'atterris dehors sur le gravier.

Lèche-bottes adresse un signe du menton à Dylan.

— Fais ce que je t'ai dit.

Il m'attrape sous les bras et me tire jusqu'au milieu du pont. Je me débats.

— Au secours!

— Comme si quelqu'un allait t'entendre.

Caitlyn me balance des mottes de terre du bout du pied.

— Tu l'as bien cherché.

— C'est clair, confirme Katie, qui manque de tomber en filmant sa vidéo.

Dylan m'assied sur le garde-fou. Lèche-bottes éclaire le pont avec la lampe de poche. En bas, il y a un ruisseau : des rochers, du verre brisé et des barbelés.

— S'il vous plaît, ne me faites pas de mal.

— On fait ce qu'on veut.

Lèche-bottes plisse les yeux.

— Qu'est-ce qui t'a fait croire que tu pouvais me manquer de respect? Me pousser devant tout le monde? Me dénigrer devant mes parents?

— Je suis désolée.

— Tu es une pauvre conne, et je vais me venger.

— Comment?

— Je veux t'entendre dire : « Crache-moi dessus. Je suis une crotte d'oiseau.»

— Quoi?

— Tu m'as très bien entendue. Dis : «Crache-moi dessus. Je suis une crotte d'oiseau.»

— Non.

Lèche-bottes fait un signe à Dylan, qui lève les mains et fait mine de me pousser.

— Non! Arrête! Je vais mourir!

— Et alors?

— Si je ne rentre pas à la maison, la police posera des questions.

— Pas à nous. On n'est même pas là. On est chez moi, en train de réviser. Mes parents me couvriront, tu le sais.

— De toute manière, tout le monde pensera que tu as fugué, dit Katie tout en filmant.

— Et quand ils me trouveront?

— Ils penseront que tu t'es suicidée.

— Allez, dis-le! insiste Lèche-bottes. «Crache-moi dessus. Je suis une crotte d'oiseau.» Dis-le, sinon...

Je jette un coup d'œil aux rochers et je me mets à trembler de tout mon corps.

— OK, OK. Crache-moi dessus. Je suis une crotte d'oiseau.

Lèche-bottes sourit et m'envoie un gros crachat en pleine face. Les autres l'imitent.

— Maintenant, dis : «Mamie est un oiseau dégoûtant. C'est Mamie crotte d'oiseau.»

— Madi, non. Je ne peux pas. Tout ce que tu voudras, mais

pas Mamie.

— Dis-le.

Lèche-bottes m'enfonce la lampe de poche dans la poitrine. Je perds l'équilibre et je bascule en arrière en agitant les bras. Je coince le garde-fou sous mes genoux. Je vais tomber.

— AAAAH!

Dylan m'attrape les genoux. Suspendue la tête en bas, je hurle.

— Ça vole, une crotte d'oiseau? demande Katie en riant.

— Aidez-moi à remonter!

— Pourquoi? s'esclaffe Caitlyn.

— Dernière chance, me prévient Lèche-bottes. «Mamie est un oiseau dégoûtant. C'est Mamie crotte d'oiseau!»

— Dylan! S'il te plaît, fais-moi remonter, et je te dirai tout sur Madi et notre cousin Danny, de Saskatoon.

— FERME TA TRAPPE! hurle Lèche-bottes.

Dylan se tourne vers elle.

— C'est quoi, cette histoire avec Danny?

Elle lui empoigne les bras.

— N'écoute pas cette petite garce. Lâche-la.

— Non! Dylan! Fais-moi remonter! Je te dirai tout!

La poigne de Dylan se ramollit. Je commence à glisser.

— Dylan, je vais tomber!

Il m'agrippe, me soulève et me jette sur le pont.

— Alors, Danny? demande-t-il, debout au-dessus de moi.

— OK, OK, sanglote Lèche-bottes. Danny a essayé de me toucher tout l'été.

Dylan se tourne brusquement vers elle.

— Quoi?

— Je ne l'ai pas laissé faire. C'était horrible.

— Pourquoi tu ne m'as rien dit?

— Je savais que tu voudrais lui casser la figure, et après, mes parents nous auraient obligés à rompre. J'ai gardé le silence pour toi. Pour nous. Zoé était au courant. Elle m'avait promis de ne rien dire, mais elle a rompu sa promesse. Tu me pardonnes?

— Madi, allez, allez... Ce n'est pas ta faute, fait Dylan en l'embrassant.

Katie et Caitlyn lui frottent les épaules.

— Oh, Madi, ma pauvre!

Lèche-bottes leur rend leur étreinte.

— Je suis désolée. J'aurais dû vous le dire. J'avais peur que vous ne compreniez pas. Ou que vous ne me croyiez pas.

— Bien sûr qu'on t'aurait crue! affirme Dylan. Tu es Madi, quand même. Et ouais, c'est sûr que je lui aurais cassé la figure.

— Je ne sais pas ce que je ferais sans toi, gazouille Lèche-bottes.

Elle s'essuie les yeux et me fusille du regard.

— Toi, si tu parles à quelqu'un de ce qui s'est passé ce soir, on t'aura. Tu comprends? Tu ne sauras pas où, tu ne sauras pas quand, mais on te mettra dans la voiture et on finira ce qu'on a commencé.

Je me roule en boule.

— Allons-y! lance Lèche-bottes aux autres. La garce n'a qu'à rentrer à pied.

Ils remontent en voiture et s'en vont.

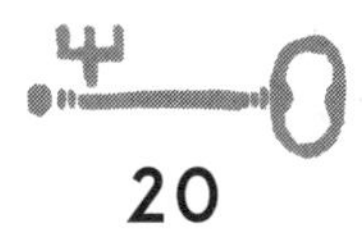

20

Les feux arrière s'éloignent et le silence retombe, si profond que je peux entendre les battements de mon cœur. Dans l'obscurité, je ne distingue que les taches de lumière des fermes, au loin. Je rejoins la route à l'aveuglette, en trébuchant dans les nids-de-poule, puis je prends la direction de la ville. Pendant tout le trajet, j'ai des visions éclair des rochers, du verre et des barbelés sous le pont. Katie a tout filmé avec son téléphone : quand ils m'ont craché dessus, quand ils m'ont suspendue au-dessus du vide. Je parie qu'ils sont en train de regarder la vidéo en riant.

Est-ce qu'ils vont la mettre en ligne? Ce serait trop beau... *Alors, papa et maman, vous voyez? Dites-moi que je mens, maintenant.* Mais Madi est trop intelligente pour ça.

Je croise les bras. Je suis comme anesthésiée. Des voitures me dépassent. Je suis contente que personne ne s'arrête. Peut-être que ces gens connaissent mes parents.

J'aperçois enfin les feux tricolores, à l'entrée de la ville. Il doit être minuit passé. Tout est désert. Je frissonne. Je ne sens pas le froid, mais je suis sûrement gelée. La seule chose que je sais, c'est que je pue la sueur, la crasse et le rhum. Demain, ces vêtements iront à la poubelle. Je traverse le terrain de stationnement et je me glisse dans la maison par la porte de derrière. Un mélange de poisson et de fixatif flotte dans l'air. À l'instant où je quitte la cuisine pour entrer dans le salon, la lumière s'allume. Maman et papa sont assis sur les fauteuils des sèche-cheveux, en pyjama et robe de chambre. La perruque de maman est de travers. Papa est trempé de sueur.

— Où étais-tu passée? me demande-t-il d'une voix calme, effrayante.

— Nulle part.

Il se lève. C'est un père différent de celui que je connais.

— Où. Étais. Tu?

— Je te l'ai dit. Nulle part. Je n'arrivais pas à dormir. Je suis allée me promener.

— Dans cette tenue? s'étrangle maman.

— Tu as bu. Tu sens l'alcool, ajoute papa.

— Non, je…

— Qui est ce garçon? veut savoir maman.

— Il n'y a pas de garçon.

— Ah non? Regarde dans quel état tu es. Avec qui tu t'es roulée par terre?

— Personne.

— Alors qu'est-ce que tu faisais?

— Si je vous le disais, vous ne me croiriez pas.

— On te croira si tu nous dis la vérité, réplique papa.

— Très bien. J'étais avec Madi. Vous êtes contents?

— Avec Madi? Tu trouves ça drôle?

— Non. Elle a essayé de me tuer.

— Bien sûr.

Maman se dirige vers le téléphone.

— J'appelle ta tante Jess pour lui répéter ce que tu viens de me dire. C'est ce que tu veux?

— Non! Si tu fais ça, elle va *vraiment* me tuer.

— Tu devrais avoir honte!

— Tu vois, je te l'avais dit. Vous ne me croyez *jamais.*

— Je me demande pourquoi, avec tes condoms et tes drogues, dans cette tenue.

Le visage de papa ruisselle de sueur.

— Combien de fois tu t'es sauvée comme ça?

— Jamais. C'est la première fois.

— Je ne te crois pas!

— Tu as besoin d'aide, déclare maman. Il y a un docteur à Woodstock.

— Tu veux me bourrer de médicaments? Pour que je ressemble à Mamie?

— Chérie, tu ne vas pas bien. On a tout essayé.

Je hurle :

— Oui, c'est ça! Vous m'enfermez. Vous me prenez mon téléphone. Vous ne m'écoutez jamais. Eh bien, vous savez quoi? Ce n'est pas ma faute si je suis née! Ce n'est pas ma faute si papa n'a jamais quitté la ville! Ce n'est pas ma faute si on n'est pas les Mackenzie!

— Quoi?

— Taisez-vous!

Je fonce à la porte.

— Taisez-vous! Taisez-vous! Taisez-vous!

— Reviens ici, jeune fille! ordonne papa.

— Essaie de m'obliger!

— Si tu t'en vas, ne reviens pas.

— Très bien.

Je claque la porte derrière moi. Je descends la route jusqu'au jardin public et je saute sur une balançoire. Je me balance de plus en plus haut jusqu'à ce que j'arrive au niveau de la barre. Je crie à gorge déployée :

— JE DÉTESTE CETTE VILLE! JE DÉTESTE CETTE VIE! JE VOUDRAIS ÊTRE MORTE!

Un camion dévale la rue principale en direction de l'autoroute. Il accélère à l'approche du parc. Il va si vite qu'il ne pourra pas s'arrêter. Si vite que je ne sentirai rien.

Je saute de la balançoire et je cours jusqu'à la route. Au moment de m'élancer sous les roues, j'imagine Mamie seule à sa fenêtre, et je me jette sur le côté. Le camion passe en klaxonnant.

Oh mon Dieu. Qu'est-ce qui vient de se passer? Est-ce que je suis devenue folle?

J'ai juste besoin d'un endroit pour réfléchir. Pour me cacher.

21

Je me faufile dans le jardin de Mamie et j'entre discrètement dans la maison des Oiseaux. Comme les rideaux sont fermés pour empêcher les voleurs de regarder à l'intérieur, il fait tout noir. Je cherche l'interrupteur, avant de réaliser que la lumière filtrant par les fentes des rideaux trahira ma présence. Il y a des bougies dans le buffet de Mamie. Je pourrai cacher la flamme avec ma main.

Je longe les murs à tâtons jusqu'à la salle à manger. Le papier peint est orné de fleurs vertes en relief. On dirait des chenilles.

Soudain, je me fige. C'était quoi ce bruit?

Rien, idiote. Tu n'es pas dans un film.

Arrivée au buffet, je cherche les bougies à l'aveuglette. Je récupère aussi un bougeoir et une boîte d'allumettes. L'air se déplace autour de moi. J'ai des picotements dans le cou. Il y a quelqu'un.

J'arrête de respirer. Le silence est de plomb.

J'allume la bougie et je tourne la tête. *Un visage! Je vois un visage!*

N'importe quoi! C'est mon reflet dans l'armoire vitrée. Je suis seule.

À moins que. Et si quelqu'un est entré par effraction? Un

vagabond? Et s'il est encore là?

Il n'y a pas de vagabonds à Shepton.

Et Lèche-bottes? Elle sait que la maison est vide. Et si elle a amené sa bande ici pour boire? Et s'ils se sont cachés quand j'ai ouvert la porte?

Il y a un renflement derrière le rideau. Je pose la bougie et je m'empare du parapluie, près de la table.

— Lèche-bottes, tu es cachée derrière le rideau?

Comme si elle allait me répondre. Elle préférerait attendre que Dylan bloque la porte. Alors elle me sauterait dessus, et...

Je frappe les rideaux à grands coups de parapluie. Il n'y a personne.

Et alors? Ils sont peut-être ailleurs dans la maison.

Le parapluie dans une main, la bougie dans l'autre, je traverse le salon, la cuisine et le bureau. Rien. Trop peureuse pour descendre au sous-sol, je me contente d'appuyer une chaise contre la porte. Si Lèche-bottes essaie d'ouvrir, je l'entendrai tomber.

Je monte à l'étage et j'explore à quatre pattes les placards muraux, redoutant de découvrir des pieds dissimulés derrière les robes de Mamie. Rien. Je vais dans la salle de bains et je tire le rideau de douche. Rien non plus.

J'attrape une serviette dans l'armoire à linge et je prends une douche en laissant la porte ouverte, comme Mamie. Elle veut voir où elle est; moi, je veux m'assurer que personne ne monte l'escalier en catimini. Une fois sèche, je retourne dans la chambre et je pousse un coffre en bois devant la porte. Si quelqu'un essaie d'entrer, je sauterai par la fenêtre.

Mamie a des chemises de nuit dans sa commode qui datent de l'époque où elle était plus ronde. Elles sentent la naphtaline. J'en enfile une et je me glisse dans le lit. Les draps sont propres, mais l'odeur de Mamie traverse la taie d'oreiller : un mélange de lavande fanée, de rose et de talc. Je l'imagine dans son lit à Greenview : « Où suis-je? Que se passe-t-il? Pourquoi ne m'a-t-on rien dit? »

N'aie pas peur, Mamie. Je vais te faire sortir de là. Promis.

Je commence à sentir les séquelles de ma chute sur le gravier. J'ai une bosse à l'arrière du crâne; j'ai dû me cogner contre le garde-fou du pont. J'écoute les grincements de la maison. Des souris ou des rats font la fête dans les murs.

Il y a quelqu'un? Qu'est-ce qui m'a pris de regarder tous ces films d'horreur?

Je ferme les yeux et je les rouvre immédiatement. Fermés. Ouverts. Fermés. Ouverts. Impossible de dormir. Je fixe la bougie sur la table de nuit, à l'endroit où étaient les photos de famille. Là où elles *devraient* être. Où elles ne seront plus jamais.

Oncle Teddy! Sa photo! Désolée, Mamie. J'ai oublié de t'en apporter une autre.

Je me lève et je sors de sous le lit une série de boîtes en carton moisies. Quand j'étais petite, on fouillait dedans à la recherche des jouets de papa et d'oncle Teddy. On a aussi feuilleté les albums de Mamie.

Je retire les couvercles. Les trois premières boîtes contiennent des jeux de société, des marionnettes, des billes, un gant de baseball et une boule Magic 8. La quatrième abrite des albums de Mamie et grand-papa, enfants. Dans la cinquième, je trouve leurs photos de mariage, d'autres où on les voit danser, jouer aux quilles, pique-niquer...

Dans cinquante ans, est-ce que quelqu'un me verra sur un cliché et se demandera qui j'étais?

J'ouvre la sixième boîte. Oui! Sur le dessus, il y a un album intitulé « Les garçons », ainsi qu'un paquet de lettres adressées à Mamie, attachées par un élastique.

L'expéditeur est T. Bird, avec une adresse à Toronto.

22

La vie avant les messages textes et les courriels. Waouh. Je commence par le cachet de la poste le plus ancien. Les fantômes s'envolent du papier.

Chère maman,

Je n'arrête pas de téléphoner depuis mon retour à la résidence, mais papa raccroche à chaque fois. Alors... Je suis désolé d'avoir gâché Noël. Je sais qu'on avait prévu d'aller voir grand-papa, mais il fallait que je quitte la maison pour aller à l'université.

Tu dis que papa ne me déteste pas. Moi, je pense que oui. Je vois comment il vous regarde, Timmy et toi. Je voudrais tellement qu'il me regarde comme ça. Mais je suis moi.

Appelle-moi quand tu seras seule.

Je t'aime.
Teddy

Bizarre. Je ne me souviens pas que grand-papa ait été méchant. Il paraissait tout frêle sur le canapé. Mamie lui caressait le front. Il me lançait des arachides. J'étais son petit écureuil.

J'ouvre la lettre suivante. Elle date de mars. Mamie a rendu visite à oncle Teddy, qui lui a envoyé des tonnes de photos. Ma préférée, c'est celle où on les voit tous les deux avec les foulards dont Mamie m'a parlé, qui leur tombent jusqu'aux genoux : orange et jaune avec des touches violettes.

À partir de maintenant, je ne veux plus de l'aide de papa pour quoi que ce soit, dit-il. *Je ne veux rien lui devoir. Je me débrouillerai avec ma bourse d'études, mon travail à temps partiel et mon prêt étudiant. Ça ira très bien.*

Teddy signe toutes les lettres « Moi », ce qui est plutôt amusant.

Je découvre d'autres photos dans les suivantes. Il est en deuxième année à l'université, et partage une maison avec trois amis : Bruce Izumi, Lincoln « Linc » Edwards et Susan Munroe. Son meilleur ami, Linc, a un chien prénommé Mister Binks. Oncle Teddy a l'air vraiment cool avec ses cheveux bouclés attachés en queue-de-cheval et ses grands yeux de Bambi.

Dans la lettre suivante, il n'y a pas de photo.

Chère maman,

Je me réjouis d'apprendre que vous emménagez à la maison des Oiseaux. C'est une bonne idée. Grand-papa ne pourrait pas s'en sortir sans Grand-mère. Désolé, mais je ne reviendrai jamais. Avec papa, c'est impossible.

Nous n'aurons qu'à nous voir ici.

Susan promet de te faire un gâteau au fromage quand tu viendras, en juin. Je lui rappellerai de graisser le moule, cette fois. Dis à Timmy que je ne suis pas comme le prétend papa.

Je t'aime.

Moi

Je survole un tas de lettres qui font toutes suite à des visites de Mamie. Apparemment, elle voyait oncle Teddy trois ou quatre fois par an. Il n'y a plus de photos des endroits qu'ils ont visités, de ce qu'ils ont fait ensemble, ou alors Mamie les a planquées ailleurs. Oncle Teddy ne fait jamais allusion à grand-papa, mais il parle de papa : *Timmy est petit. Il comprendra quand il sera plus grand.*

Il ne reste plus que quatre lettres, expédiées d'une nouvelle adresse. La première est accompagnée d'une photo aérienne d'un parc qui s'étend au-delà d'une rangée de boutiques et de restaurants. Un parc! Oui! Mamie m'a confié que Teddy avait un appartement en face d'un parc. Donc elle sait où il habite! Où il habitait, du moins…

Salut maman,

C'est la vue de mon balcon.

Incroyable, non? J'ai adoré la colocation, mais j'apprécie aussi ma nouvelle tranquillité. Je suis toujours en pleins travaux d'aménagement. Tu verras le résultat quand tu viendras.

Je t'aime.
Moi

Lettre suivante :

Arrête d'essayer de me faire culpabiliser, maman. Je sais qu'il n'était pas question de moi. Mais il n'était pas non plus question de papa ni de toi. Si vous ne vouliez pas que je sois là, très bien, mais ne prétendez pas que c'était ma faute.

De quoi parle-t-il? La lettre suivante a été envoyée une semaine plus tard :

Tu es contrariée? Et moi, tu crois que je ne le suis pas? Tu as fait un choix. Moi aussi. Mes amis sont ma vraie famille, désormais. Ils comptent plus que toi.

Oh mon Dieu! Oncle Teddy a renié Mamie? Je tremble de tout mon corps. La dernière enveloppe a été déchirée et recollée avec du ruban adhésif. Je l'ouvre. Des centaines de morceaux de papier en tombent.

Qu'est-ce qu'oncle Teddy a bien pu écrire? Pourquoi Mamie a-t-elle déchiré cette lettre et gardé les morceaux?

Je remets les bouts de papier dans l'enveloppe, puis je range les lettres dans leur boîte et je m'allonge sur le lit : Mamie… Oncle Teddy… Oncle Teddy… Mamie… Grand-papa…

Maman et papa… moi… eux et moi… moi et Lèche-bottes… moi et…

C'est la nuit. Je cours sous une tempête de neige. Qui me poursuit? Je n'en sais rien. Leurs visages sont masqués par des foulards. J'arrive au pont. Ils me poussent. Je tire sur un foulard. Lèche-bottes éclate de rire. Le foulard se désagrège. Il n'y a personne derrière. Je tombe…

Je m'assieds brusquement. La lumière filtre entre les rideaux. On est déjà dimanche matin. Aïe. J'ai mal partout. Et je suis affamée.

Je vais à la cuisine. Les placards sont vides, mais maman et tante Jess n'ont pas vu les biscuits aux figues qui traînent au fond du garde-manger, sur la plus haute étagère. J'en passe deux sous l'eau du robinet pour les ramollir un peu avant de mordre dedans, puis je retourne dans la chambre de Mamie.

Et maintenant? Je ne peux pas rester ici, mais comment affronter papa et maman?

La porte d'entrée s'ouvre.

— Zoé?

C'est eux.

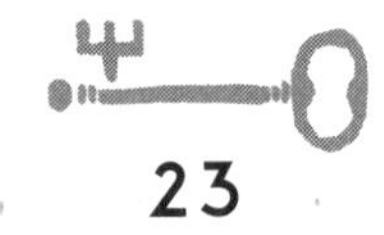

23

— Inutile de te cacher, Zoé! crie maman. On te trouvera.

Ah ouais? Je me faufile sous le lit avec les lettres et je tire les boîtes devant moi, pendant qu'ils explorent le rez-de-chaussée.

— Sors de là, fait papa. On t'aime. On est inquiets pour toi.

C'est qui le menteur, maintenant?

Les portes claquent.

— Tim, que fait la tondeuse dans le placard à balais?

— J'allais te poser la question.

Le remue-ménage continue. On dirait qu'ils déplacent des meubles.

— Je n'aurais jamais dû lui dire de ne pas revenir, soupire papa.

— Elle sait que tu ne le pensais pas.

— Tu crois? Et s'il lui arrive quelque chose…

— Il ne lui arrivera rien. Si ça se trouve, elle a dormi dans le parc. Ou bien, elle est avec ce garçon…

— Ou alors, elle est vraiment partie.

— Détends-toi, dit maman depuis la cuisine. Il y a de l'eau dans l'évier. Elle est ici. Allons voir en haut.

Ils montent. J'entends le plancher craquer devant la chambre de Mamie.

— Zoé, sors immédiatement! commande maman. Ça suffit, ces jeux idiots.

Des jeux idiots?

— On n'est pas fâchés, assure papa. On est contrariés, mais on n'est pas en colère.

Ouais. Jusqu'à ce que tu me voies.

— Je vais bloquer l'escalier pendant que tu regardes dans les pièces, propose maman.

— Ça marche.

Papa arpente l'étage, tel l'Incroyable Hulk, en supposant que l'Incroyable Hulk dise des trucs du genre : «Mon Dieu, il y a des crottes de souris sous la coiffeuse!»

Finalement, ils entrent dans la chambre. Le coffre de Mamie s'ouvre et se ferme. Les cintres cliquettent. Le parfum de maman arrive jusqu'à moi. Elle se met à quatre pattes pour regarder sous le lit.

— Il n'y a que des cartons, la prévient papa.

Elle les pousse quand même et me cogne sans le savoir. Je retiens ma respiration. Puis elle se relève en grognant et s'assied sur le lit. Les lattes métalliques s'enfoncent dans mon dos. Papa se laisse tomber à côté d'elle. Par un espace entre les boîtes, j'aperçois sa chaussure gauche.

— Elle a dû filer par-derrière quand on est arrivés, réfléchit maman.

Papa détache ses lacets. Je sens ses pieds.

— Tu crois qu'on devrait appeler la police?

— Non. Elle rentrera quand elle aura faim.

— Comment peux-tu en être sûre?

— Que veux-tu qu'elle fasse?

— Va savoir. Teddy n'est jamais revenu.

— Il n'a pas vraiment disparu non plus, souligne maman. Et je ne crois pas qu'il soit trop à plaindre, dans son appartement avec vue sur le parc. La belle vie.

Donc il vit toujours près du parc!

— Teddy...

Papa se balance d'avant en arrière; les lattes roulent sur mon dos.

— J'aurais dû donner son numéro de téléphone à maman.

Quoi?

— Ah non, tu ne vas pas recommencer, soupire maman.

— Je suis sérieux, Carrie. Les choses pourraient être différentes.

— Le passé est le passé.

Papa prend une profonde inspiration.

— Le passé dure toujours.

Oh mon Dieu. Depuis combien de temps ont-ils ce numéro?

— Assez parlé de Teddy, dit maman. Il faut qu'on pense à Zoé. Ce pensionnat...

Papa arrête de se balancer.

— Tu rêves de cette boutique depuis si longtemps.

— Oui, mais... l'école est sa dernière chance. En hypothéquant la maison, on aura de quoi payer la première année. Ensuite, on pourra voir avec Jess et Chad.

— Je déteste leur demander.

— Et moi, tu crois que ça me plaît?... En tout cas, c'est l'heure d'aller à l'église. Les gens vont se demander pourquoi on arrive en retard.

— Qu'est-ce qu'on dit s'ils s'étonnent de ne pas voir Zoé?

— Elle a attrapé froid.

Maman caresse le dos de papa.

— Zoé va bien, Tim. Elle était encore là tout à l'heure. Elle va rentrer à la maison. Détends-toi.

Ils descendent l'escalier. Dès que la porte d'entrée se ferme, je quitte ma cachette et je secoue énergiquement les mains pour chasser les fourmis.

Si je rentre à la maison, ils vont m'envoyer en pension. Ce n'est pas possible. Mamie pensera que je l'ai abandonnée. Elle m'oubliera. Elle mourra à Greenview! Qu'est-ce que je peux faire? Où puis-je me cacher?

Oncle Teddy! Je vais aller chez lui. Il habite toujours près de ce fameux parc. J'ai vu son adresse sur les lettres.

Pourquoi voudrait-il de moi?

Parce qu'il comprendra. Il ne pouvait pas rentrer chez lui, lui non plus. Et puis, je ne serai pas seule. J'arriverai avec Mamie.

Holà! Je ne peux pas emmener Mamie.

Je suis bien obligée. Sinon, elle ne sortira jamais de Greenview. Une fois qu'elle sera avec oncle Teddy, mes parents la laisseront tranquille.

Il ne veut pas la voir.

Ah ouais? Dans quel monde oncle Teddy donnerait-il son numéro de téléphone à papa?

Dans un monde qui n'existe pas.

Exact. Oncle Teddy a envoyé son numéro à Mamie au cas où elle voudrait l'appeler. Mais papa a intercepté la lettre. Il l'a, elle ne l'a pas; il l'a dit lui-même. C'est la seule explication. Pas étonnant que papa se sente coupable. C'est à cause de lui si Mamie et oncle Teddy ne se sont jamais revus. Eh bien, ça va changer.

24

Je jette quelques Depends, des vêtements, les lettres et les photos d'oncle Teddy dans une valise que je laisse devant la porte d'entrée, puis je fonce à la maison récupérer les clés de voiture de Mamie. Le temps que mes parents reviennent de l'église, on sera à Woodstock, ou dans le train pour Toronto.

En passant devant chez les Benson, nos voisins d'en face, je m'inquiète : *Et s'ils me voient entrer?* Mais il n'y a aucun risque. Le dimanche, ils sont encore soûls de la veille et ne se manifestent pas avant midi. De plus, personne ne sait que j'ai disparu.

Je traverse la route en courant et j'entre dans la maison comme une voleuse, le cœur battant. À l'intérieur, le silence me donne la chair de poule, comme si maman et papa pouvaient m'entendre. Je m'introduis dans leur chambre sur la pointe des pieds et je prends les clés de Mamie dans la vieille boîte de boutons de manchettes de papa, au fond du tiroir du bas de la commode. Mon téléphone est juste à côté. Je brûle d'envie de le glisser dans ma poche, mais je me ravise. Les policiers pourraient me suivre à la trace.

Je consulte l'horaire des trains sur mon ordinateur. Celui du dimanche quitte Woodstock dans une heure et demie. C'est juste, mais faisable. J'enfile un jeans et un chandail à capuche, je fourre des sous-vêtements et mes affaires de toilette dans mon sac à dos. Dans la cuisine, je remplis un sac de plastique de fromage, de pain, de croustilles et d'Oreo. J'y ajoute deux Coca-Cola et quelques essuie-tout.

Sur le papier à lettres de maman, je rédige un mot à l'intention de Greenview.

Chez Carrie — Salon de coiffure

On vous fait la coupe qui vous va!

10078, Highway 8

Chère Amy,

Zoé signera l'autorisation de sortie de Grace pour qu'elle vienne souper à la maison ce soir. Tim et moi la ramènerons d'ici 20 heures.

Sincères salutations,

Carrie Bird

J'écris aussi un mot à maman et papa, que je laisse dans l'armoire à pharmacie, pour qu'ils ne le voient pas avant l'heure du coucher :

Mamie et moi allons très bien. Là où on va, on ne vous embarrassera plus.

Zoé

Et voilà. Adieu baignoire verte. Adieu horloge-chouette. Adieu sèche-cheveux. Je ferme les yeux et je respire l'odeur du gommage pour les pieds à la menthe poivrée, du pot-pourri et du henné. Je vois en pensée maman redresser sa perruque, papa enlever ses chaussures, et je suis prise de frissons.

C'est l'heure d'aller libérer Mamie.

* * *

Après avoir mis les provisions dans la poubelle de Greenview pour ne pas éveiller les soupçons d'Amy, je m'approche de son bureau d'un air jovial.

— Amy! Vous ne devinerez jamais! Maman et papa invitent Mamie à souper!

— Oh! Elle va être ravie.

— Je l'espère. Je suis venue la chercher.

Je lui donne ma lettre.

— J'adore votre chandail.

Amy pose la lettre sans la lire.

— Merci!

En sortant de l'ascenseur, je fonce vers la chambre de Mamie. Elle est affalée sur un fauteuil, le regard perdu dans le vague. Ses affaires sont empaquetées près du nain de jardin.

— Crème brûlée, Mamie, dis-je en attrapant sa brosse à dents au vol. C'est parti. On va chez oncle Teddy.

Elle se lève d'un bond.

— Il était temps! Aide-moi à rassembler mes affaires.

— On ne peut rien emporter. Si quelqu'un s'aperçoit que tu te sauves, tu risques d'être coincée ici pour de bon. Fais-moi confiance. Souris, hoche la tête, et laisse-moi parler.

Mamie s'accroche à mon bras.

— Ouvrez la voie, inspecteur Bird.

Nous longeons le couloir, les yeux fixés sur la porte au fond de la salle de loisir. On dépasse le bureau des infirmières et les fauteuils roulants installés devant la télé. Je tape le code. La porte s'ouvre. On s'engouffre dans l'ascenseur.

— Il paraît que c'est un jour important..., dit Amy en souriant à Mamie, tandis que je signe le registre des sorties.

— C'est vrai, acquiesce Mamie. Je vais voir mon fils.

— Amusez-vous bien. On se revoit à 8 heures.

— Mais oui, bien sûr!

Je fais un clin d'œil à Amy, j'emmène Mamie dehors et je sors nos provisions de leur cachette.

Mamie jette un coup d'œil dans la poubelle.

— Il n'y a rien d'autre qui vaut la peine d'être récupéré?

— Pas aujourd'hui.

Je l'entraîne dans Malcolm Street.

— Dépêche-toi! On doit absolument quitter la ville avant que papa et maman rentrent de l'église.

— Pourquoi? Où va-t-on?

— Chez oncle Teddy.

— Ah, il était temps.

Mamie m'attrape le bras.

— Zoé, quand je mourrai, tu t'occuperas de mes nids d'oiseaux? Je ne veux pas qu'on les jette. Il y a aussi ma boîte avec les œufs de rouge-gorge.

— Je m'occuperai de tout, Mamie. Mais pour l'instant, il faut faire vite.

Elle presse le pas.

— Les choses sont des souvenirs. J'ai tellement peur de perdre mes souvenirs. Si on n'a plus de souvenirs, quel est le but de l'existence?

On bifurque dans Maple Street et on entre dans la maison des Oiseaux par la véranda.

— Si on faisait un petit tour de balancelle? propose Mamie.

— Pas maintenant. J'ai besoin que tu te concentres : où est caché ton argent?

Elle plisse les yeux.

— Moins tu en sais, moins tes parents en apprendront.

— Je sais, mais on en a besoin. Là, maintenant. Pour payer les billets de train. Pour aller voir oncle Teddy.

— Ah. Dans ce cas…

Mamie ferme les yeux.

— Ne dis rien. J'ai l'impression de le voir. Je vérifie tout le temps. Comment s'appelle l'endroit où je dors?

— La chambre à coucher?

— Non. Tu sais, cette chose sur laquelle on s'allonge. Comment ça s'appelle?

— Le lit?

— Non. Pas le lit. L'autre.

— Le canapé?

Mamie rouvre les yeux.

— Oui, c'est ça. C'est dans le canapé.

Elle entre dans le petit salon, enfonce la main dans le trou du canapé et en sort une vieille paire de collants pleine d'argent.

— Compte. Il y en a beaucoup.

— Maman pense que ce trou a été fait par un écureuil, dis-je, tout en comptant.

— Tu veux dire que ta mère ne sait pas faire la différence entre un écureuil et un rat? s'esclaffe Mamie.

— C'est un trou de rat?!

— Ton grand-père n'arrêtait pas de faire tomber des écales d'arachides par terre. Il fallait s'y attendre.

— Mamie. Tu as mis ton argent dans un nid de rat?

Elle me regarde comme si j'étais idiote.

— Les lattes de plancher et les matelas, c'est les premiers endroits où les gens regardent. Si tu caches tes économies derrière quelque chose, tu as vite fait d'oublier où. Alors qu'un nid de rat, ce n'est pas quelque chose qu'on oublie.

— Mais Mamie, le rat aurait pu *manger* tes billets!

— Il n'est plus là, voyons. Tu me prends pour une folle?

Elle tend la main.

— Alors, combien?

— Quatre cents et des poussières.

Je remets l'argent dans le collant et je le lui tends. Mamie le range dans son sac à main.

— Je t'avais dit qu'il y en avait beaucoup, commente-t-elle.

Je consulte ma montre.

— Le train part dans trois quarts d'heure. Il faut y aller.

— Je sais, je sais. Moi aussi, je dois y aller…

Mamie se dirige vers les toilettes, commence à fredonner un air d'Elvis et fait pipi pendant une éternité. Elle tire enfin la chasse d'eau et ouvre le robinet du lavabo. Puis elle sort en s'essuyant les mains sur son pantalon en molleton.

— Tiens, Zoé! Quel est le mot magique?

— Mamie, on va arriver en retard.

— En retard?

Elle cligne des yeux.

— Alors, qu'est-ce qu'on attend?

Je prends la valise que je lui ai préparée, plus les provisions et mon sac à dos, et je sors à la hâte. Mamie monte dans la voiture pendant que je range nos affaires dans le coffre.

— Où va-t-on? me demande-t-elle lorsque je lui tends les clés.

— À la gare de Woodstock.

Mamie frotte ses pouces sur le volant.

— Je crois que je ne conduis pas sur l'autoroute.

— Tu le faisais, avant.

— Non. C'était ton grand-père.

— Avant qu'il tombe malade. Mais après, tu conduisais tout le temps. De plus, on est dimanche matin. Il n'y aura personne.

Elle secoue la tête.

— Je ne suis pas sûre.

— Mais c'est toi qui m'as dit que tu conduirais!

— Je devais plaisanter.

— Mamie, tu te souviens quand j'étais petite : tu m'as raconté l'histoire du petit train courageux. Est-ce que tu es en train de me dire que tu n'es pas aussi courageuse que lui?

Elle réfléchit intensément.

— Dit comme ça, c'est sûr… Mais il faudra que tu me rappelles ce que je dois faire.

— Promis!

Mamie s'engage dans la rue en cahotant et prend la direction de l'autoroute sans que j'aie à lui donner la moindre indication. En passant devant chez moi, je constate que notre voiture n'est toujours pas là. Nous laissons derrière nous le parc, le panneau signalant la sortie de la ville, et nous voilà dans la campagne.

Mon plan va fonctionner.

25

Nous avons beau être en campagne, Mamie roule toujours au pas. On irait plus vite si je poussais la voiture.

— Est-ce que tu peux accélérer un peu, s'il te plaît?

Mamie met les gaz et fonce vers le fossé.

— Mamie!

Je lui montre la route. Elle redresse la trajectoire et continue. Pas exactement à fond, mais relativement vite pour quelqu'un qui ne serait pas pressé. Sauf qu'on a un train à prendre!

On dépasse la bretelle d'accès au pont. *Ça vole, une crotte d'oiseau?*

En arrivant derrière un tracteur qui tire une remorque pleine de citrouilles, Mamie ralentit. Il y a bientôt une file de voitures derrière nous.

— Mamie, tout le monde attend qu'on double.

— Qu'ils attendent.

— Il n'y a personne en face. C'est facile de dépasser.

La voiture derrière nous déboîte. Mamie aussi. La voiture freine. Mamie slalome entre notre voie et celle de gauche. Les autres conducteurs klaxonnent. Mamie se décide enfin à doubler. Plusieurs voitures la suivent, mais elle accélère à peine. On remonte péniblement le long de la remorque. Il y a une colline devant nous. La ligne de pointillés s'achève.

— Mamie! Plus vite!

— Je vais aussi vite que je peux.

Une voiture arrive en face, à toute vitesse. Le tracteur ralentit pour laisser passer Mamie, mais elle freine aussi!

— ON VA MOURIR!

Mamie cligne des yeux et enfonce la pédale de l'accélérateur. Elle double le tracteur et regagne notre voie, tandis que la voiture d'en face fait une embardée sur le gravier. Les autres conducteurs klaxonnent comme des fous.

Une voiture de police surgit au détour du virage, au sommet de la colline. Le flic a-t-il entendu le vacarme? J'ai l'impression qu'il ralentit...

— Mamie, tu vois la ferme, là, à droite? Quitte la route. Fais semblant de rentrer chez toi.

Mamie obéit. Le tracteur et les voitures continuent comme si de rien n'était. Le policier passe son chemin.

— Eh bien..., dit Mamie, je crois que j'ai assez conduit pour aujourd'hui.

Tu m'étonnes. Seulement, on est encore à dix minutes de Woodstock.

— Je vais demander aux gens de cette ferme de nous appeler un taxi, d'accord?

Je prends les clés pour qu'elle ne parte pas sans moi et je vais frapper à la porte. Une femme vient m'ouvrir, une bouteille de Windex et un chiffon à la main. Un foulard couvre ses cheveux. Je lui montre la voiture de Mamie.

— Pardon de vous déranger, mais ma grand-mère et moi avons des problèmes de voiture, et mon téléphone est à plat. Pourrais-je utiliser le vôtre, s'il vous plaît? On a besoin d'un taxi pour Woodstock.

La femme voit Mamie lui faire des signes de main.

— Entrez, entrez! Ne faites pas attention au désordre.

Elle me conduit jusqu'à la ligne fixe, dans la cuisine. Un aimant publicitaire pour les *Taxis de Woodstock* est en évidence sur le frigo. Je les appelle. « On vous envoie une voiture dans dix minutes », me dit le gars. Bien. Si on ajoute dix minutes pour rejoindre la gare, il nous en reste dix avant le départ du train.

— Vous avez besoin d'une dépanneuse pour la voiture? s'enquiert la femme.

— Je demanderai à papa de s'en occuper à son retour de l'église.

— Entendu. Je garderai un coup d'œil. Si vous voulez attendre à l'intérieur, avec votre grand-mère...

— Non, merci. Ça va aller.

Je retourne à la voiture et je sors nos affaires du coffre. Un flot continu de véhicules défile sur la route. *Et si des gens nous reconnaissent? Et s'ils appellent papa et maman?*

Je regarde l'heure. Ça fait dix minutes que j'ai téléphoné. Onze. Je donne un coup de pied aux graviers. Douze. Treize. Quatorze minutes. *Où est ce fichu taxi? Le temps presse!*

Un véhicule récréatif surgit au sommet de la colline. *Sûrement un jeune couple avec des enfants, ou des retraités... On peut faire du pouce sans risque, non?*

— Mamie! Fais semblant d'avoir des ennuis, parce qu'on est mal barrées!

Mamie agite les bras telle une majorette pendant que je m'avance vers la route, les mains en l'air, les yeux implorants : *S'il vous plaît! Aidez une pauvre fille et sa grand-mère!*

Le véhicule s'arrête. Il est immatriculé dans le Kentucky et occupé par un couple de personnes âgées. L'homme porte un tee-shirt de Disney World; la femme a une robe à pois et un chapeau de paille.

— Vous avez des ennuis? nous demande le type.

— On rentrait chez nous à Woodstock, mais notre voiture est tombée en panne. Mes parents ne répondent pas au téléphone, alors on ne sait pas comment faire...

— Montez et indiquez-nous la direction à prendre.

— Merci. C'est la prochaine ville, à environ dix minutes d'ici.

Mamie et moi nous installons à l'arrière avec nos affaires, tandis que l'homme fait les présentations : « Hal et Bette Perkins. »

Hal et Bette Perkins adorent faire la conversation. Ils ont trois enfants, sept petits-enfants, et sillonnent l'Amérique du Nord depuis qu'Hal a pris sa retraite, il y a deux ans. Avant, il était comptable pour une entreprise de bardeaux à Louisville.

— On a toujours eu envie de voyager, mais on manquait de temps, dit M. Perkins. Maintenant, on ne s'en lasse plus. Ce véhicule pourrait en raconter des histoires! J'ai même trouvé un dentier dans des toilettes, dans l'Oregon.

— C'est vrai? s'exclame Mamie sur un ton enjoué. Moi, un jour, j'ai vu un exhibitionniste.

— Pardon? fait Mme Perkins, comme si elle avait mal entendu.

— J'avais cinq ou six ans. Au rayon des bonbons, chez Kresge.

— Bonté divine. Comment qu'est-ce que vos parents ont dit?

— Ils n'ont rien dit puisqu'ils n'étaient pas là, mais ça m'a marquée. C'était la première fois que je voyais une chose pareille.

— J'imagine qu'il y a une première fois pour tout, répond poliment Mme Perkins.

— Une dernière fois aussi! glousse Mamie. Et tiens, ça me fait penser à une blague…

Oh non, pitié!

— Savez-vous pourquoi les jeunes filles baissent les yeux quand on leur fait une déclaration d'amour? enchaîne Mamie.

— Non. Pourquoi?

— Pour vérifier si la déclaration est sincère!

Je me dépêche de changer de sujet :

— Voilà, on arrive à Woodstock. Continuez tout droit le long de la voie ferrée, s'il vous plaît.

— J'ai une autre blague!

Mamie en a un million. Elle s'était mise à les raconter à l'église. C'est pour ça que maman et papa ont cessé de l'emmener.

— Mamie, j'essaie d'indiquer la route à M. Perkins.

— Bon, elle était vraiment bonne, mais vas-y.

— OK. Tournez à droite au carrefour de la gare, dis-je. De là, on pourra finir à pied.

— Pas question! proteste Mme Perkins. Nous allons vous déposer devant chez vous.

Je montre du doigt la maison au coin de la rue.

— C'est juste là.

— Oui, en effet, c'est tout près, commente M. Perkins.

— Que se passe-t-il? me demande Mamie lorsque je la fais sortir du véhicule.

— On dit au revoir à M. et Mme Perkins.

Elle serre la main de Mme Perkins par la fenêtre ouverte.

— Ça m'a fait plaisir de vous revoir!

Le couple nous salue et s'en va. L'instant d'après, un long sifflement annonce l'arrivée du train en gare.

— Vite, Mamie.

Nous courons jusqu'au guichet. Mamie me passe l'argent. Je prends nos billets et on fonce vers le quai. De loin, je vois le chef de gare qui s'apprête à remonter le marchepied. Je hurle :

— Attendez!

On se hisse *in extremis* à bord, et le train démarre au moment où nous nous asseyons.

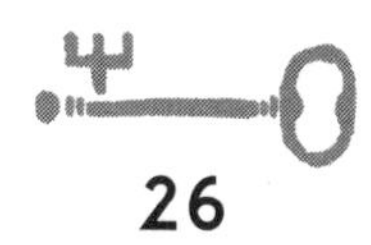

26

Enfin, je respire. Personne ne sait qui nous sommes ni où nous allons…

— J'ai faim, dit Mamie.

— Ne t'en fais pas, j'ai ce qu'il faut.

Je farfouille dans le sac de plastique et je lui tends du pain et du fromage en précisant :

— Pour le dessert, il y a des biscuits Oreo.

— Tu devrais ouvrir un restaurant, dit-elle pour me taquiner.

Mamie fixe un petit moment les provisions, puis les enveloppe dans un mouchoir et les glisse dans la poche de son manteau. Pas moi. Après mon sandwich au fromage, j'engloutis un paquet de croustilles et six biscuits.

— Mamie… Quand est-ce que tu as vu oncle Teddy pour la dernière fois?

— Oh… Ça fait un moment.

— C'est-à-dire?

— Le temps est bizarre, ma puce. À mon âge, tout passe si vite que c'est difficile de savoir.

Elle pince le dos de sa main. La peau reste en l'air.

— Tu vois? C'est ce qui arrive quand on vieillit.

— Tu n'es pas si vieille que ça.

— Assez vieille pour que tu aies du mal à imaginer que j'ai déjà grimpé aux arbres.

— Tu as grimpé dans l'arbre à côté de l'église méthodiste, là où tu vivais quand tu étais petite, dis-je en souriant. Il y avait une branche qui dépassait du toit. Tu as sauté dessus et ils ont dû appeler les pompiers pour te faire descendre.

Mamie rit.

— Comment tu sais tout ça?

— J'écoute.

— Et moi, je parle. On fait la paire, toutes les deux, hein?

Soudain, Mamie affiche un air surpris :

— Il faut que je fasse pipi.

Je la prends par le bras et je l'emmène aux toilettes. Elle se tient au cadre de la porte pendant que je tapisse le siège de papier. C'est une habitude que maman m'a donnée quand j'étais petite. Un jour, au restaurant, elle m'a fait un nid avec un demi-rouleau, comme si on était venues pour couver des œufs. «Tu ne sais pas qui s'est assis là-dessus», a-t-elle dit, et j'ai aussitôt vu en pensée mon enseignant d'école maternelle.

Depuis, je pose du papier sur le siège, même à la maison. Je ne veux pas que mon derrière s'approche de celui de mes parents.

Je fais asseoir Mamie.

— Reste, m'implore-t-elle.

— Il n'y a pas de place.

— S'il te plaît. Je vais me perdre en essayant de te retrouver.

— Ne t'inquiète pas. Je serai juste derrière la porte.

Mamie mâche sa lèvre comme si c'était du bœuf séché. Je

laisse la porte entrouverte, je me poste devant et je l'aide à se relever quand elle a fini. Lorsqu'on regagne nos places, elle regarde longuement par la fenêtre. *Se demande-t-elle ce qu'on fait là? Se rappelle-t-elle où nous allons?*

Je pose une main sur la sienne. On se sourit.

Tout va bien, Mamie. Je suis là. Je vais m'occuper de toi. Toujours.

Un long moment s'écoule. Un nuage assombrit le visage de Mamie; elle regarde à nouveau par la fenêtre. Je l'imite.

Il y a probablement des fugueurs dans toutes les villes que l'on traverse. Après quoi courent-ils? Que fuient-ils? Que s'est-il passé après leur départ? J'imagine papa en train de me chercher. Maman à la fenêtre, avec ses pantoufles-lapins.

Quand Greenview téléphonera, ils appelleront la police. Ils trouveront la voiture abandonnée. La femme de la ferme a vu le véhicule récréatif. A-t-elle noté la plaque d'immatriculation?

J'imagine cinquante voitures de patrouille s'arrêtant devant chez les Perkins dans un crissement de pneus.

Comme histoire à raconter, c'est mieux qu'un dentier trouvé dans les toilettes, pas vrai, M. Perkins? Ha! Ha! De rien.

Il faut que j'arrête. Ce n'est pas drôle. Il y aura des affiches annonçant notre disparition dans les buanderies automatiques. Des chiens renifleurs ratisseront les champs et les forêts.

Et alors? Personne ne s'est jamais inquiété pour moi. Pourquoi devrais-je m'inquiéter pour eux?

Mais maman et papa?

Ils trouveront mon mot; ils sauront qu'on va bien.

Mamie ronfle. Je ferme les yeux et j'imagine oncle Teddy.

A-t-il des cheveux gris? Une barbe? Il embrassera Mamie, ils pleureront ensemble, puis je demanderai : « Je peux rester avec toi, moi aussi? ». « S'il te plaît », dira Mamie, et il répondra : « Bien sûr ». Je me demande s'il voudra bien m'adopter...

Le train ralentit; j'aperçois la Tour CN au loin. On arrive à la gare Union. Les gens commencent à récupérer leurs valises dans le compartiment à bagages. Mamie se réveille.

— Que se passe-t-il? demande-t-elle.

— Rien. On arrive à Toronto.

— À Toronto?

— On a pris le train après que je t'ai fait sortir de Greenview.

— Qu'est-ce que je faisais à Greenview?

— Ne t'inquiète pas. Tu n'y retourneras jamais.

— Bien sûr que non. J'habite à la maison des Oiseaux, au 125 Maple Street. Et c'est là que je vais mourir.

— Bien sûr. Mais avant, on doit aller voir oncle Teddy.

Le train s'arrête. Les voyageurs s'agglutinent dans l'allée. Je range nos restes de nourriture dans mon sac à dos. Puis je prends la valise de Mamie et je la guide jusqu'à la porte. C'est toute une histoire de sortir de la gare : les gens courent dans toutes les directions, Mamie est distraite par les boutiques. Une fois dehors, mon cœur accélère. Il y a du monde partout. Des gratte-ciel, des stands de nourriture... Quel bel endroit pour se cacher.

Au revoir, Shepton. Bonjour la vie.

27

Une douzaine de taxis s'alignent au bord du trottoir. J'aide Mamie à monter dans le premier et je donne au chauffeur l'adresse d'oncle Teddy. Le type démarre en trombe, grille un feu rouge et tourne sur Jarvis Street dans un crissement de pneus, manquant de renverser un cycliste.

— Vous avez failli le ratatiner celui-là! s'exclame Mamie.

Je compte les numéros sur les bâtiments. On approche. J'aperçois un immense parc, en bas d'une rue latérale; c'est sûrement celui qu'oncle Teddy voit de son appartement. Le chauffeur se range le long du trottoir.

Attendez une seconde. C'est vraiment là? Je vérifie l'adresse. *Ouais, c'est ça. Pourquoi maman a-t-elle parlé d'un appartement chic?* Des climatiseurs rouillés sont suspendus aux fenêtres; devant la porte, les poubelles débordent d'ordures.

C'est sans importance. Je paie le chauffeur et je conduis Mamie jusqu'à l'entrée. Elle s'assied sur sa valise, entourée de mégots et de vieilles gommes à mâcher, pendant que je cherche oncle Teddy sur l'interphone. Barker. Bentley. Carley.

Et Bird? Ça devrait être avant Carley.

Je vérifie à nouveau. Bentley. Carley. *Où est oncle Teddy?* J'appuie sur le bouton du gardien. Je compte jusqu'à vingt et je recommence.

Une voix s'échappe du haut-parleur en grésillant; il y a du bruit dans le fond.

— Ouais?

— Je cherche Teddy Bird.

— Je ne vous entends pas. Louise, baisse cette foutue télé!

Des bruits de dispute, puis :

— Qui vous voulez, déjà?

— Teddy Bird.

— Y a pas de Teddy Bird ici.

— C'est l'adresse qui est marquée sur toutes ses lettres.

— Ce n'est pas mon problème.

Le haut-parleur s'éteint. J'appuie plusieurs fois sur le bouton de l'interphone. Pas de réponse.

Ma gorge se noue. *Oncle Teddy a déménagé depuis les lettres. Maman a dit que son appartement donnait sur un parc, mais elle n'a pas précisé lequel. Il doit y en avoir des centaines à Toronto. Des milliers...*

Mamie me regarde du coin de l'œil.

— Alors, Teddy?

— Il est sorti.

— Ha! Il fait *semblant* d'être sorti. Pour se venger.

Elle ramasse sa valise en ronchonnant :

— Allons-nous-en! Je n'arrive pas à penser, avec tout ce bruit.

Moi, je n'arrive pas à penser tout court. Je propose :

— Si on allait pique-niquer? Il y a un parc à deux minutes

d'ici.

— Fantastique!

Mamie me prend le bras et nous traversons la rue. On passe devant *Sonny's Family Diner*, qui propose un déjeuner 24 heures sur 24, puis devant une série de boutiques délabrées, surmontées d'appartements. De près, le parc est beaucoup moins accueillant que vu du taxi. Il n'y a pas une seule pelouse, juste des touffes de mauvaises herbes. Des gobelets en plastique flottent dans le bassin, et les bancs sont occupés par des types qui boivent dans des sacs en papier.

On devrait rentrer à la maison. Ouais, mais ce n'est pas possible, alors respire! Tu n'es pas la première fille à avoir fugué. *Avec sa grand-mère?*

Je nous trouve un banc libre. De l'autre côté de la rue, un type est allongé sur un carton, près de l'entrée de l'hôtel *E-Zee Rest.* Devant lui, il a une tasse et un écriteau « Sourires gratuits ». Je le regarde à la dérobée.

Mamie enfonce les mains dans les poches de son manteau, cligne des yeux et sort son sandwich au fromage.

— Regarde ce que j'ai trouvé. Tu en veux un morceau?

— Non, merci.

Je croise les doigts pour qu'elle ne voie pas l'homme qui pisse contre l'arbre, derrière nous. Mamie arrache un petit morceau de pain, le jette à un pigeon et remet le reste du sandwich dans sa poche.

Oncle Teddy, où es-tu? Comment vais-je faire pour te trouver?

En un rien de temps, nous sommes cernées par les pigeons.

Mamie se fâche :

— Va-t'en! C'était pour lui, pas pour toi.

Puis elle me lance un coup d'œil interrogateur.

— Qu'est-ce qui ne va pas, ma puce?

— Rien.

— Tant mieux.

Elle mime un roulement de tambour sur ses genoux.

— Bon, si on rentrait à la maison?

— Pas maintenant.

— Pourquoi?

— Parce que… On est en voyage, dis-je en lui montrant la valise.

— Ah, c'est la raison pour laquelle on a ça…

Mamie regarde autour d'elle.

— J'ai l'impression d'être déjà venue ici. Il y a un je-ne-sais-quoi qui me rappelle quelque chose.

— Peut-être que tu as rendu visite à oncle Teddy?

Elle secoue la tête.

— Non. Je suis allée voir Teddy à Toronto.

— C'est là qu'on est, à Toronto.

— Eh bien, voilà qui explique tout.

Mamie, tais-toi, s'il te plaît. J'ai besoin de réfléchir.

Elle se tortille sur le banc.

— Où sont tes parents?

— À la maison.

Mamie bat des paupières.

— Comment ça se fait?

— C'est dur à dire, Mamie, mais maman et papa t'ont mise à Greenview…

— Quoi?

— Je sais. Alors, je t'ai fait sortir. Et on s'est enfuies. Seulement, maintenant, on est à Toronto, et rien ne va. On ne peut pas revenir en arrière, parce qu'ils vont t'enfermer. Et je vais avoir tellement d'ennuis… Je ne sais plus quoi faire. Je voudrais être morte.

— Ne dis jamais ça! Où je serais, sans toi?

— Oh, Mamie! Pourquoi tu m'aimes? C'est impossible de m'aimer.

— Je t'aime parce que tu es toi. Ne t'inquiète pas : les choses finissent toujours par s'arranger.

— Non, ce n'est pas vrai.

— D'accord, ce n'est pas vrai. Mais on est ensemble, c'est un bon début. Tiens, prends un mouchoir…

Elle glisse la main dans sa poche et sort le sandwich.

— Oh! Regarde ce que j'ai trouvé!

Je ris malgré moi. Mamie rit aussi.

— Je pense que tu es juste fatiguée, me dit-elle. On devrait faire une petite sieste.

Je lorgne l'hôtel *E-Zee Rest,* de l'autre côté de la rue. Il faut bien qu'on dorme quelque part, et là, au moins, ça a l'air bon marché.

L'homme assis sur le carton près de l'entrée porte un costume froissé. Une brosse à dents dépasse de la poche de sa veste. Il nous hèle :

— Sourires gratuits.

— Merci, dit Mamie en lui rendant son sourire.

Nous entrons dans l'hôtel. Le vestibule sent le désodorisant et l'insecticide. Les lumières sont tamisées, et la femme à la réception a l'air d'une gardienne de prison.

— Puis-je vous aider?

— Peut-être…

Mamie se tourne vers moi.

— Est-ce qu'on veut une chambre?

J'acquiesce :

— Oui, on voudrait une chambre, s'il vous plaît.

— Combien de temps comptez-vous rester?

— Deux nuits.

Mamie fouille dans son sac à main et sort le collant.

— C'est combien?

— Deux nuits? Deux cent quarante dollars plus les taxes, fait la réceptionniste, imperturbable. Vous avez une carte de crédit?

— Non, désolée.

Elle nous jette un rapide coup d'œil.

— Bon, je suppose que vous n'allez pas saccager la chambre…

Elle tend à Mamie un formulaire d'inscription en échange de l'argent. Mamie l'examine, les yeux plissés.

— Mes lunettes me jouent des tours. Tu veux bien t'en occuper, ma puce?

J'écris : Madi et Emily Loiseau, 123, rue de la Maison, Montréal. La réceptionniste me donne la carte qui fait office de clé.

— Chambre 304. Bon séjour.

28

La chambre 304 ressemble au vestibule, en plus petit. On a tout juste assez de place pour se retourner. Le tapis brun est crasseux, il y a des trucs noirs qui poussent entre les carreaux de la salle de bains, et la fenêtre donne sur une ruelle sordide. Mais au moins, on n'est pas dans la rue.

Exact. Sauf qu'on risque d'y atterrir bientôt si je ne trouve pas oncle Teddy. Après le train, le taxi et l'hôtel, il ne nous reste que cent dollars.

— Tu as envie de regarder la télé?

Mamie hausse les épaules.

— Comme tu veux.

J'installe deux chaises devant la télévision et je mets une chaîne musicale. Il y a tellement de poussière sur l'écran que je pourrais écrire mon nom.

À cette heure-ci, maman et papa ont dû s'apercevoir que la voiture de Mamie a disparu. Maman a prévenu tante Jess. Lèche-bottes a appelé les lèche-bottines. Qu'est-ce que je vais devenir?

Mamie regarde l'écran en fronçant les sourcils.

— Je ne comprends pas...

— Il n'y a rien à comprendre. C'est des vidéos musicales.

Elle secoue la tête.

— Je ne comprends pas.

— OK. Choisis autre chose.

Je lui passe la télécommande. Mamie la regarde comme si c'était un Cube Rubik.

— Tu es fâchée, ma puce?

— Non. Je réfléchis.

— Bien. Vas-y, alors.

J'essaie de me concentrer, mais Mamie continue de sourire. Je ferme les yeux pour ne plus la voir. Si j'étais une vraie détective, comment m'y prendrais-je pour trouver l'adresse d'oncle Teddy?

Quand je rouvre les yeux, Mamie sourit toujours.

— Ça va, la réflexion? me demande-t-elle.

— Très bien.

Je referme les paupières, mais j'ai beau tourner et retourner le problème dans ma tête, je ne vois aucune solution.

***

Mamie grignote le reste de son sandwich pour le souper, tandis que j'arpente la chambre en mastiquant des Oreo.

— Qu'est-ce que tu fais? demande-t-elle.

— De l'exercice.

— Tu devrais essayer de faire des pompes.

Mamie compte mes pas à voix haute.

La nuit ne tarde pas à tomber. Je sors nos brosses à dents.

— C'est l'heure de se brossser les dents et d'aller au lit, Mamie.

— J'ai déjà brossé les miennes, affirme-t-elle en se tapotant la mâchoire.

— Je ne te crois pas.

— Pourquoi?

— Parce que j'ai ta brosse, là.

— Et alors? Je me suis servie de mon doigt.

Je souris.

— Génial! Maintenant, tu peux utiliser ta brosse. J'ai besoin que tu me montres comment faire.

— Tes parents ne t'ont pas appris?

— Pas aussi bien que toi.

Mamie soupire et me suit dans la salle de bains. Je lui passe sa brosse; elle s'attelle à la tâche. Je tapote mes dents aux endroits où elle n'est pas allée.

— Comment je fais, ici?

Elle me donne l'exemple, brossant ses dents comme si elle astiquait le sol. J'emploie la même ruse pour ses molaires, puis nous regagnons la chambre. Je retire le couvre-lit. Il y a des cheveux sur les draps, mais au point où on en est...

Mamie se met au lit avec ses chaussures.

— Je peux t'aider à les retirer?

Elle secoue la tête.

— On va me les voler.

— Qui?

— Tu serais surprise...

Très bien. Je la borde, j'éteins la lumière, et je m'installe près de la fenêtre pour regarder dehors. En bas, dans la ruelle, un type fouille la benne à ordures. *Est-ce qu'on devra bientôt en faire autant, Mamie et moi?* Cette idée me donne la nausée. Le type lève la tête. Je me réfugie dans l'ombre. *Et moi, qui me regardera?*

Je me glisse dans le lit et je ferme les yeux. Derrière mes paupières closes, je vois défiler Lèche-bottes, maman et papa, les évènements des derniers jours. *Ça vole, une crotte d'oiseau?*

Mamie n'arrête pas de se retourner. Au milieu de la nuit, elle me donne un coup de pied.

— Ouille!

Elle se réveille en sursaut.

— Qui est là?

— C'est moi. Zoé.

— Tu devrais rentrer chez toi, ma puce. Tes parents vont être fâchés que je t'aie retenue aussi tard…

— Ils sont partis pour le week-end.

— Ils t'ont laissée seule?

— Je ne suis pas seule, je suis avec toi. On se fait une soirée pyjama.

— Oh, super! dit Mamie. J'adore les soirées pyjama.

— Moi aussi. Mais là, on *dort,* OK?

— D'accord.

Une minute plus tard, elle demande d'une voix légèrement inquiète :

— Zoé?

— Quoi?

— J'ai l'impression que je ne suis pas dans mon lit.

— C'est normal : ce n'est pas le tien.

— Ah. C'est celui de qui, alors?

Je laisse planer quelques secondes de silence, puis :

— Mamie, je vais allumer. Promets-moi de ne pas paniquer.

— Pourquoi veux-tu que je panique?

— Promets-moi, c'est tout.

— D'accord. Promis.

J'allume la lampe. Mamie s'assied toute droite.

— Où est-on?

— Dans une chambre d'hôtel, à Toronto.

— À Toronto?

Elle tire la housse de couette sur sa poitrine.

— Comment est-on arrivées ici?

— Tu m'as promis de ne pas paniquer.

— Je ne panique pas. Je... je ne sais pas quoi.

— Maman et papa t'ont mise à Greenview, dis-je calmement. Tu as pensé qu'oncle Teddy pourrait t'aider, alors on s'est enfuies pour le trouver.

Mamie me regarde comme si j'étais folle.

— Teddy ne veut plus me voir. Mon Dieu, pourquoi je me souviens des choses que je veux oublier?

Je la serre fort contre moi.

— Quoi qu'il se soit passé à l'époque, je suis sûre qu'il t'aime.

— Tu crois vraiment?

— Oui.

Je lui caresse les cheveux, je lui murmure les berceuses qu'elle me chantait quand j'étais petite et on se rallonge sur nos oreillers. Le monde disparaît.

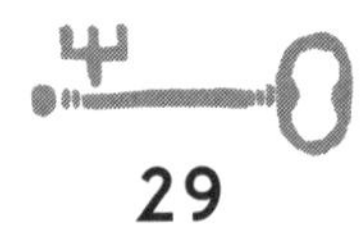

29

Je tombe. Ma tête fonce vers des rochers, des barbelés...

J'ouvre les yeux. C'est le matin. Mamie me sourit, le visage à dix centimètres du mien.

— Debout, paresseuse. J'ai cru que tu étais morte.

C'est une blague. Enfin, je crois.

— Je suis prête, déclare-t-elle. Emmène-moi là où on doit aller.

Ce serait bien de déjeuner, pour commencer. Je conduis Mamie au *Sonny's Family Diner,* en face de l'ancien appartement d'oncle Teddy. Il y a un bol de bonbons à côté de la caisse. Nous nous asseyons sur une banquette en similicuir craquelé, près de la fenêtre. J'étale ma serviette de table sur mes genoux et je feuillette le menu. Mamie imite mes gestes.

— Qu'est-ce que tu prends, Mamie?

— Comme toi.

Je nous commande un déjeuner complet et je regarde, par-dessus son épaule, l'immeuble où vivait oncle Teddy.

Où as-tu déménagé? Comment vais-je faire pour te trouver?

Bonjour, je m'appelle Trevor dépose nos assiettes devant nous. Il aurait pu se nettoyer les ongles. J'imagine la cuisine, puis je regrette.

Pendant que Mamie chipote dans son assiette, j'observe les gens qui sortent de l'immeuble d'en face. *Hé! Ils ont peut-être vécu ici avant qu'oncle Teddy déménage. Il se peut qu'ils l'aient connu.*

— Ne bouge pas, Mamie.

Je me précipite dehors, mais les gens sont partis.

Ce n'est pas grave. Il y a d'autres habitants dans l'immeuble. Tout le monde n'a pas déménagé. Peut-être que quelqu'un connaît sa nouvelle adresse…

Je regagne notre table en courant.

— Mamie, il faut qu'on y aille. J'ai un truc à faire.

De retour dans la chambre d'hôtel, j'installe Mamie devant la chaîne aquarium, je glisse les photos d'oncle Teddy dans mon sac à dos et j'accroche un mot à la poignée de la porte : MAMIE, RESTE ICI! JE REVIENS BIENTÔT! BISOUS, ZOÉ.

— Je vais faire un petit tour, d'accord?

— Prends ton temps, me dit Mamie en fixant le poisson-ange qui traverse l'écran.

Je repars en coup de vent et je traverse la rue. Au dos des lettres d'oncle Teddy, il est écrit « appartement 1206 », mais les boutons de l'interphone n'ont pas de numéros. Un type arrive derrière moi; il sent la cigarette et la gomme à mâcher. Je recule pour le laisser passer. Il appelle un ami qui lui ouvre. Après son passage, je coince la porte du bout du pied; j'attends qu'il ait pris l'ascenseur pour me faufiler dans le vestibule.

Je m'arrête pour examiner mon reflet dans le miroir fumé, je lisse mes cheveux et j'essuie une tache de graisse sur mon menton. Quand l'ascenseur arrive, je suis ce que maman appellerait «présentable». Je monte au douzième étage. L'appartement 1206 est tout de suite à droite, en sortant. J'ai l'impression d'avoir voyagé dans le temps. Peut-être qu'oncle Teddy fait la vaisselle derrière cette porte…

Mais non, j'entends pleurer un bébé. Je frappe à la suivante.

— Une seconde…

Un type aux cheveux longs relevés en chignon vient m'ouvrir.

— Qui êtes-vous?

— La nièce de Teddy Bird. Il vivait au 1206.

Je lui montre une photo.

— Est-ce que vous le connaissez?

— Non. Comment êtes-vous entrée?

— On m'a tenu la porte.

— Vous êtes une squatteuse?

— Quoi? Non. Je cherche mon oncle.

— Ou un appartement vide, où vous introduire par effraction.

— Non. Écoutez, je dois absolument le trouver…

— Fichez-moi le camp. Si vous voulez trouver quelqu'un, servez-vous de l'interphone.

Sur ces mots, il me claque la porte au nez.

Va te faire voir avec ton chignon. Pour qui tu te prends?

Dans les deux appartements suivants, il n'y a que des chiens qui aboient. Derrière la porte du troisième, j'entends des gens parler une langue étrangère. Je frappe. Les voix se taisent. Une femme entrouvre la porte, maintenue par une chaîne, et jette un coup d'œil dans l'embrasure.

— Mari pas maison.

— Ce n'est pas grave.

Je lui montre la photo.

— Est-ce que vous connaissez Teddy Bird?

— Mari pas maison.

Je hoche la tête et je reprends lentement :

— Je sais. Je cherche Teddy Bird.

— Vous partir. Ouste.

Elle referme la porte, et je me retrouve seule dans le couloir.

Une traînée de gouttes va de l'appartement voisin jusqu'au vide-ordures, au fond du couloir. Je frappe et j'entends un bruit de pas traînants. La porte s'ouvre. Les stores sont tirés devant les fenêtres. L'air est moite; ça sent la litière pour chats.

Un homme se tient dans la pénombre, appuyé sur une canne. Il porte des pantoufles poilues et un peignoir délavé qui laisse entrevoir ses sous-vêtements. Plusieurs chats se frottent contre ses jambes pâles et glabres.

— Je t'attendais, me dit-il.

— Euh, non, je ne crois pas. Je cherche mon oncle; il vivait à cet étage.

— J'habite ici depuis trente-six ans.

Je lui montre la photo.

— Il s'appelle Teddy Bird. Est-ce que vous le connaissez?

L'homme regarde à peine le cliché et me fixe avec de grands yeux.

— Peut-être… Viens, entre.

— Non, merci, ça va aller.

Je danse d'un pied sur l'autre.

— Je me demandais… Est-ce que vous pourriez regarder si vous avez son nom dans votre carnet d'adresses?

— Bien sûr. Entre, pendant que je vais voir.

— Je ne veux pas vous déranger.

— Tu ne me déranges pas. J'ai des chats. Tu veux caresser mes chats?

L'ascenseur s'ouvre derrière moi. Un grand costaud au crâne chauve sort de la cabine. Ses bras sont plus poilus que la perruque de maman. Il me prend en photo avec son téléphone.

— C'est toi, la squatteuse? C'est toi qui es entrée par effraction dans les appartements 504 et 912?

— Non, je… Qui êtes-vous?

— Le gardien. Et toi?

— C'est ma petite-fille, dit l'homme dans la pénombre.

Le gardien lui jette un coup d'œil méfiant.

— Vous avez beaucoup de petites-filles, monsieur McCutcheon.

— Ne t'occupe pas de lui, murmure l'homme d'une voix caressante. Entre.

— Je voudrais bien, grand-papa, mais je vais être en retard à l'école.

— Reviens plus tard, alors. Grand-papa a un cadeau pour toi, me dit-il avec un clin d'œil.

Mon cœur fait un saut périlleux.

Le gardien appelle l'ascenseur; la porte s'ouvre. Je m'y engouffre derrière lui.

— Je ne suis pas ce que vous pensez. C'est moi qui vous ai parlé hier. Je cherche juste mon oncle, Teddy Bird. Il a vécu ici. Il faut absolument que je le retrouve.

— Ce n'est pas mon problème, rétorque-t-il. Mon problème, c'est toi.

L'ascenseur s'arrête au rez-de-chaussée. Le gardien m'escorte jusqu'à la porte.

— Si je te revois ici, j'appelle la police, me prévient-il.

Je fais les cent pas devant l'immeuble. Le gardien ne peut pas m'empêcher de parler aux gens dans la rue, pas vrai? Je cours derrière une femme qui sort avec un chien; j'accoste un homme qui rentre chez lui avec un sac de sport. Ils n'ont jamais entendu parler d'oncle Teddy.

Qu'est-ce que j'ai fait?

Je me demande à quoi pensent maman et papa. Je me demande...

Qu'est-ce que j'ai fait?

J'intercepte le facteur. Il ne reconnaît pas le nom. Et même si c'était le cas, il ne pourrait rien me dire.

Qu'est-ce que j'ai fait?

J'arrête un homme qui revient avec une caisse de bières et une femme qui pousse un chariot plein de linge. Ils n'ont pas connu oncle Teddy, eux non plus. Ni eux, ni personne.

Je m'affale sur les marches. *Oncle Teddy, que va-t-il se passer si je ne te trouve pas?* Je sens la panique me gagner.

QU'EST-CE QUE J'AI FAIT!

30

Je passe des heures à courir après les gens. À la maison, papa doit se gratter les voûtes plantaires pendant que maman tripote sa perruque. Avant, ça me faisait rire. Plus maintenant.

Une voiture de police s'arrête de l'autre côté de la rue. *Quelqu'un m'aurait-il dénoncée?* Le policier sort. Je lui tourne le dos et je m'éloigne à la hâte, sans oser regarder s'il traverse. Je commence à courir en imaginant qu'il me poursuit. Il va me rattraper.

Je fais le tour du pâté de maisons et j'arrive devant l'hôtel *E-Zee Rest*, les poumons en feu. Le policier n'est plus là. *Est-ce que je l'ai imaginé?* Je reprends mon souffle, les mains sur les genoux. Même papa ne transpire pas autant.

— Sourires gratuits, lance l'homme sur le trottoir.

Il a les yeux laiteux, le visage pâteux.

— Tu me rappelles Kimberley, me dit-il. C'est ma fille.

Il fouille dans sa poche et me tend une photo.

— Elle va devenir ballerine.

Kimberley, qui doit avoir cinq ans, a un tutu et brandit une baguette magique.

— Elle est très mignonne, dis-je en m'efforçant de masquer ma surprise.

— Merci.

L'homme contemple la photo. Après une hésitation, je lui demande :

— Vous la voyez?

— Non. Mais bientôt.

Je brûle de l'interroger : *Depuis combien de temps êtes-vous ici? Pourquoi?* Mais finalement, je me contente de dire :

— Il faut que j'aille retrouver ma grand-mère.

— Fais-lui un sourire de ma part.

— Promis. Et en voilà un pour vous.

J'entre dans l'hôtel. Il n'y a personne à la réception. Mamie est affalée sur l'un des canapés en similicuir du vestibule et ronfle, la tête renversée, la bouche ouverte. Sa valise est à côté d'elle, son sac à main sur son épaule. Elle a mon mot dans la main.

— Mamie, réveille-toi!

Elle relève brusquement la tête.

— Hein?

— Qu'est-ce que tu fais ici? Tu ne peux pas aller te promener comme ça.

— Je ne me suis pas promenée.

— Oui.

— Je dormais.

— Tu devais rester dans la chambre. Regarde ce mot, dans ta main.

Mamie déchiffre mon message.

— Il y a écrit : «Reste ici.» C'est là que je suis. Ici.

— OK, laisse tomber.

J'emporte sa valise dans l'ascenseur. Elle me suit. Pendant la montée, je stresse : *Et si Mamie avait disparu?*

Quand j'insère la carte dans la serrure, la lumière passe au rouge. Je fais une nouvelle tentative. Pareil. Génial!

— Il nous faut une nouvelle clé.

On redescend à la réception. La réceptionniste est toujours en pause. J'actionne la sonnette.

— Mon arrière-grand-père avait des dents en bois, déclare Mamie à brûle-pourpoint.

Je m'apprête à sonner une nouvelle fois quand la réceptionniste surgit de la pièce du fond.

— Puis-je vous aider?

— Oui, s'il vous plaît. Notre clé ne fonctionne pas.

— Votre grand-mère a rendu la chambre il y a une heure, affirme la femme.

Je fronce les sourcils.

— Mamie?

— Ne me regarde pas comme ça.

— Elle s'est trompée, dis-je à la réceptionniste.

— Mais voyons! fait Mamie, comme si j'étais idiote.

— Mais oui, Mamie : on reste au moins une nuit de plus.

La femme me tend un nouveau formulaire d'inscription.

— Ça fera cent vingt dollars, plus les taxes.

Quand Mamie ouvre son sac à main, j'aperçois le reçu de l'hôtel. Je compte les sous dans son collant et j'interroge la réceptionniste :

— Où est l'argent que vous lui avez remboursé?

— Aucune idée, lâche-t-elle, l'air sévère.

— C'est ça. Je parie que vous l'avez gardé.

— Baissez d'un ton. Votre grand-mère a signé le reçu.

— Je me fiche de ce qu'elle a signé. Elle ne l'a pas lu.

— Comment tu le sais? me demande sèchement Mamie.

— De toute façon, ça ne change rien, tranche la réceptionniste. Si vous voulez une chambre, c'est cent vingt dollars plus les taxes, espèces ou carte de crédit.

— Vous ne pouvez pas nous prendre notre argent comme ça. Donnez-nous la clé, ou j'appelle la police.

— Si vous voulez. Je porterai plainte pour trouble à l'ordre public et violation de propriété.

— J'aimerais bien voir ça.

La réceptionniste se tourne vers Mamie.

— Depuis combien de temps vivez-vous à Montréal, madame Bird?

Mamie plisse le nez.

— Je n'habite pas à Montréal. J'habite au 125 Maple Street, à Shepton, en Ontario.

La réceptionniste me montre du menton le téléphone réservé à la clientèle.

— Allez-y, *mademoiselle Loiseau.* Appelez la police. Je suis sûre que vous n'avez rien à cacher.

31

Nous partons précipitamment. J'aurais bien besoin d'un sourire, mais l'homme sur le carton est endormi. Mamie serre les genoux.

— Qu'est-ce qui t'arrive?

— J'ai envie de faire pipi.

— Pourquoi tu ne l'as pas fait à l'hôtel?

— Je n'avais pas encore envie. Mais maintenant, oui.

On fonce au *Sonny's Diner.* Les toilettes des femmes sont fermées à clé. Celles des hommes aussi. Mamie se tortille. *Salut, je m'appelle Trevor* est en train d'envoyer des textos derrière la caisse enregistreuse.

— Je pourrais avoir la clé des toilettes, s'il vous plaît?

— Elles sont réservées aux clients.

— On est venues ce matin.

— Ce matin, c'était ce matin.

— Très bien. Apportez-nous des frites à la table près de la fenêtre. Et donnez-moi la clé.

Et renifle tes aisselles. Il y a une nouvelle invention : un truc appelé savon. Tu devrais essayer, un de ces jours.

Trevor me tend une clé attachée à une raquette de ping-pong, et j'emmène Mamie aux toilettes. Elle a déjà commencé à baisser son pantalon; je me tourne pour partir.

— Reste! me demande-t-elle. Je ne saurai pas où je suis.

— D'accord.

Je m'adosse contre le lavabo et je lis les graffitis près du distributeur de serviettes en papier. Soudain, une odeur affreuse envahit mes narines.

— Zoé, j'ai besoin de ton aide.

Je me retourne. Mamie me regarde, puis baisse les yeux vers la couche qui entrave ses chevilles. Elle n'est pas arrivée à temps pour la grosse commission.

— Qu'est-ce que je fais? murmure-t-elle. Mère va se fâcher.

Je m'agenouille à côté d'elle. J'ai l'impression de flotter hors de mon corps.

— Mais non, ne t'en fais pas.

— Qu'est-ce que je vais lui dire?

— Ça arrive à tout le monde d'avoir un petit accident. Rappelle-toi comme tu me changeais, quand j'étais petite...

— Mais qu'est-ce que je fais *maintenant?* implore Mamie. Je devrais le savoir. Je le sais très bien. Mais c'est dans quel ordre?

Je lui tapote le genou.

— Tout va bien se passer. Personne ne le saura.

Je dois rester calme. Je ne peux pas montrer à Mamie que j'ai peur.

— D'abord, je vais t'enlever tes chaussures. Puis je sortirai tes pieds de ton pantalon pour ne pas le salir. D'accord?

— D'accord.

Je fais ce que j'ai dit, un pied après l'autre. Je sépare la couche du pantalon en molleton avec des serviettes en papier, et je mets le tout dans la poubelle. Il y en a un peu sur le pantalon. Je le pose sur le lavabo; on verra ça plus tard.

— Bon, Mamie, maintenant je vais te donner des serviettes en papier pour essuyer le plus gros. Ensuite, je t'en passerai avec du savon pour que tu te nettoies. D'accord?

Elle me regarde, confiante.

— D'accord.

Je répète l'opération pour le rinçage et le séchage. De temps en temps, elle me regarde pour s'assurer qu'elle fait comme il faut. Je la rassure, comme elle me rassurait quand j'étais petite :

— C'est parfait.

On frappe à la porte.

— Vous en avez encore pour longtemps? râle une voix féminine.

— Je ne sais pas. Un an?

Je sors une nouvelle couche et une jupe de la valise. Mamie plisse le nez quand je lui passe les pieds dans les trous.

— Qu'est-ce que c'est?

— Tes nouveaux sous-vêtements.

— On dirait une couche pour bébé. Je veux ma culotte d'avant.

— Je l'ai achetée exprès pour toi. Tu vois le rembourrage? C'est pour t'éviter d'avoir mal aux fesses quand tu t'assieds.

— Bon, si tu l'as achetée exprès…, concède Mamie.

Elle me laisse l'habiller, puis me regarde laver le derrière de son pantalon dans le lavabo. Je le roule, la partie mouillée à l'intérieur, et je le remets dans la valise. On frappe de nouveau à la porte.

— J'attends toujours, nous signale la femme.

— Oui, eh bien, vous n'avez qu'à utiliser les toilettes des hommes.

Non, mais franchement!

— Il faut te laver les mains, Mamie, lui dis-je.

Elle s'exécute.

— Ton grand-père ne se lavait les mains que le matin, avant de lire la Bible, me confie-t-elle. « Ne gaspille pas, ne convoite pas », c'était sa phrase favorite. Même pour l'eau des toilettes. S'il n'y avait eu que lui, on aurait tiré la chasse une seule fois par semaine.

La chasse d'eau! J'ai failli oublier. Je m'apprête à appuyer sur le levier, quand oups! Je m'aperçois que Mamie a jeté ses serviettes en papier dans la cuvette. *Euh, tant pis...* J'appuie quand même. Les serviettes disparaissent. L'eau monte dangereusement. Elle s'arrête juste au bord et redescend lentement. Ouf!

Nous sortons enfin. La femme qui attend fait la grimace. Je l'apostrophe :

— Vos crottes sentent la rose?

Je rends la clé à *Salut, je m'appelle Trevor* et je reconduis Mamie à notre table. Les frites sont froides. Je vide une demi-bouteille de ketchup dessus.

Soudain, un hurlement s'échappe des toilettes. La femme sort en panique. Apparemment, on a tout bouché, avec Mamie.

Quand elle a tiré la chasse d'eau, il y a eu une inondation. La belle affaire. À la voir, on croirait qu'elle a nagé dans les égouts.

— Tout allait bien quand on est sorties, dis-je.

Trevor nous foudroie du regard. Il attrape une vadrouille et met un écriteau «Hors service» sur la porte.

Jusqu'à la fin de l'après-midi, Mamie et moi utilisons les toilettes des hommes. On y va toutes les deux heures : on n'est jamais trop prudent. J'emporte sa valise pour qu'elle ne se la fasse pas voler, mais je laisse mon chandail à capuche pour garder notre table.

Trevor n'arrête pas de nous demander si on a fini nos frites.

— Pas encore.

Jamais. On emménage ici, Trev.

J'aimerais que ce soit drôle. *Eh bien, non. Où va-t-on dormir, ce soir?* Je n'en sais rien. *Ce n'est pas une réponse.* La ferme, la ferme, la ferme!

La nuit tombe. *Salut, je m'appelle Trevor* se transforme en *Salut, je m'appelle Harold.* Il a l'âge de papa et des bras si poilus qu'on pourrait en fourrer des canapés. La clientèle change aussi. Les filles sont maigres avec la peau grise. Les gars ont des cicatrices.

— Je m'ennuie, dit soudain Mamie.

— Moi aussi. Tu veux qu'on regarde des photos?

Je sors de mon sac à dos les clichés d'oncle Teddy et de ses amis. Mamie pousse un petit cri.

— Où tu as trouvé ça?

— Sous ton lit.

Elle caresse le visage d'oncle Teddy, se perd dans sa contemplation.

— Teddy avait des amis adorables, murmure-t-elle. Regarde-les, tous, enroulés comme des chatons.

— Grand-père n'aurait pas aimé ça.

— Il n'aimait pas grand-chose. Têtu comme une mule et deux fois plus stupide. Enfin, je l'aimais quand même.

Elle tapote la photo.

— Lui, c'était le meilleur ami de Teddy. Il faisait des tours de cartes.

— Mamie… Est-ce qu'oncle Teddy était gai?

Elle secoue la tête. J'insiste :

— Parce que ça ne me dérangerait pas, tu sais.

— Moi non plus, assure-t-elle.

— Tant mieux. Mais si ce n'est pas ça, alors, pourquoi vous avez arrêté de vous parler, tous les deux?

— Pourquoi tu me demandes ça? Je n'ai jamais arrêté de lui parler.

Ses yeux vont et viennent comme ceux d'un animal traqué.

— Je m'en vais, mademoiselle indiscrète! déclare-t-elle en se levant. Je rentre chez moi.

— Mamie, attends! Je t'emmène souper.

— Non. Tu me rends folle.

Elle trottine vers la porte. Je la rattrape.

— Mamie. Oncle Teddy… Ses photos sont restées sur la table.

— Mon Dieu!

Elle court jusqu'à nos sièges, se rassied et ramasse les clichés comme si elle sauvait des bébés. Ses yeux s'arrêtent sur celui du dessus.

— Regarde ces boucles, comme elles sont belles! Dire que ton grand-père les lui a coupées…

— Quoi? Quand il était adulte?

— Bien sûr que non! Quand il était petit.

Elle me passe la photo. On y voit oncle Teddy et ses amis décorer un sapin de Noël.

— C'étaient ses colocataires, dit Mamie. Lincoln « Linc » Edwards. Bruce Izumi. Susan Munroe.

Ma mâchoire s'affaisse.

— Comment tu te souviens de leurs noms?

— Ils sont écrits au dos.

Pfff, je le savais. Il y a des noms derrière chaque photo.

— Je me demande ce qu'ils sont devenus.

Mamie hausse les épaules.

— J'imagine que certains ont déménagé, et que d'autres sont restés.

— Ah, mais oui! Certains sont restés. Oui!

Mon cerveau se met à grésiller.

— Pourquoi ne voit-on pas ce qu'on a sous le nez?

Ma question laisse Mamie perplexe.

— Je donne ma langue au chat. Pourquoi ne voit-on pas ce qu'on a sous le nez? répète-t-elle.

— Demain, on va dans une bibliothèque.

— Hein? C'est quoi ce jeu de devinettes? demande-t-elle

avec une grimace.

— Ce n'est pas une devinette. Je vais chercher les noms des amis d'oncle Teddy sur Google. Pour retrouver ceux qui vivent encore à Toronto…

— Ah, si tu le dis.

Elle cligne des yeux.

— Je suis fatiguée, avoue-t-elle.

Je roule mon chandail en boule et je le lui tends.

— Tiens, pose ta tête là-dessus.

Mamie s'appuie contre la banquette, son oreiller improvisé sur l'épaule.

— Fais de beaux rêves, ma puce, me lance-t-elle avant de fermer les yeux.

Je hoche la tête, mais pour moi, pas question de rêver : je suis trop excitée. Demain, je vais remonter la trace d'oncle Teddy. En attendant, il faut juste que je nous trouve un endroit où dormir.

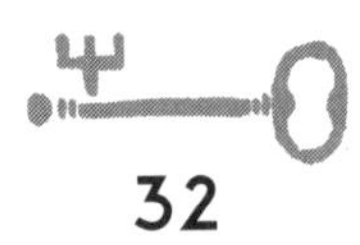

32

Il est minuit passé. La salle est vide, à l'exception de deux types qui se passent des sacs en papier sous la table, et d'une femme toute ratatinée, vêtue de plusieurs chandails. Soudain, un homme avec une oreille en moins presse le visage contre la vitre, puis la frappe violemment. Je me fais toute petite. Mamie se réveille et lui adresse des signes de main. Il l'insulte et s'éloigne dans la rue en titubant.

— Il a un problème? demande-t-elle.

Les drogués lèvent le camp. La femme remplit ses poches de sachets de ketchup et part à son tour d'un pas traînant, en poussant son chariot.

— Tout le monde s'en va, constate Mamie. On devrait y aller, nous aussi.

— Mais je t'emmène souper dehors.

— Oh, comme c'est gentil!

Un Type de dix-sept ou dix-huit ans descend d'une voiture, juste devant le restaurant. Il entre d'un pas nonchalant et s'approche du comptoir. Son jeans est si serré qu'on voit quasiment tout.

— Un *toasted western* et des frites, lance-t-il d'une voix ultra sensuelle.

Le Type s'assied à une table en face de nous. Je le regarde discrètement, tout en jouant avec ma fourchette. Il s'en aperçoit et me sourit. J'ai envie de disparaître sous la table.

Regarde ailleurs! Impossible. *Alors, va te cacher dans les toilettes.*

— Mamie, tu n'as pas envie d'aller au petit coin?

— En fait, oui.

Je passe devant la table du Type avec Mamie et sa valise.

Il a les yeux verts, des cheveux blonds sales et les accroche-cœurs les plus craquants du monde. Il a même une plume tatouée dans le cou. Je m'oblige à regarder *Salut, je m'appelle Harold,* alias Grincheux.

— On a encore besoin de la clé, dis-je.

Il me la confie, tel le maître du donjon.

Mamie et moi restons dans les toilettes assez longtemps pour laisser au Type le temps de partir. Mais quand on sort, il est toujours en train de manger son hamburger. Dans l'intervalle, nos frites ont disparu. J'apostrophe Grincheux, qui essuie notre table :

— Qu'est-ce que vous faites?

— Ce n'est pas un refuge, ici.

— Vous avez jeté nos frites.

— Fichez-moi la paix.

— Non. C'est toi qui vas leur ficher la paix! intervient le Type.

— Toi, mêle-toi de tes affaires, réplique Grincheux.

— Allez, Harold...

Le Type sort quelques dollars de sa poche.

— Apporte-leur deux laits fouettés au chocolat et un hamburger. Et garde la monnaie.

Grincheux part en grommelant passer notre commande à la cuisine. Le Type me fait un clin d'œil, tandis que je raccompagne Mamie à notre table.

— Tu ne lui dis pas merci? me glisse-t-elle.

— Je ne le connais pas.

— Bonté divine! Tu peux être polie sans faire des ronds de jambe.

Elle se retourne et claironne :

— Ma petite-fille Zoé aimerait vous remercier.

— Mamie!

— De rien, Zoé, lance le Type en se renversant sur son siège. Tu veux t'asseoir avec moi?

— Elle serait ravie, répond Mamie. Mais attention, je vous surveille! ajoute-t-elle en indiquant ses yeux avec les doigts.

Je suis rouge comme une tomate. Le Type change de côté pendant que je m'assieds à sa table, face à Mamie. Deux skinheads entrent et s'installent sur la banquette voisine.

— Vous venez d'arriver en ville? me demande le Type d'une voix calme.

— Non. On attend le train pour partir.

— En général, les gens attendent à la gare.

— On n'est pas les gens. Mon père doit nous y conduire.

— Pourquoi n'est-il pas là?

— On revient de faire des courses.

— Les magasins sont fermés depuis des heures. Et qui fait

ses courses avec une valise?

— Les gens qui n'aiment pas être dérangés par des inconnus.

Il se penche vers moi.

— Tu te crois forte? Tu te trompes. Il faut que tu laisses ta grand-mère quelque part. Dépose-la à l'hôpital, ou dans un foyer…

— Quoi?

— Elle ne s'en sortira jamais dans la rue, et tu vas sombrer avec elle.

Une femme entre. Son collant est déchiré; sa jupe lui couvre à peine les fesses.

— Un c-café, bredouille-t-elle. Ouais… Un café.

Elle s'assied quelque part derrière nous.

— On n'est pas à la rue, dis-je. J'ai un oncle.

— Ouais, bien sûr. Comme ton «père».

— Non. J'ai aussi les noms de ses amis. Il faut juste que je retrouve leur trace.

Le Type se passe une main dans les cheveux.

— Écoute, si ça te dit, vous pouvez dormir chez moi ce soir. C'est un trou à rats, mais vous y serez en sécurité.

— Tu veux qu'on vienne avec toi, Mamie et moi?

— Une nuit. C'est tout, précise-t-il. Je ne suis pas un gardien d'enfants.

— C'est ça. Genre, je vais suivre un inconnu chez lui. Je sais exactement ce que veulent les types comme toi.

— Ah oui?

Il pouffe.

— Je n'aime pas les filles.

OK, je retire ce que j'ai dit. Le ridicule ne tue pas.

Il se penche vers moi.

— Voilà la situation, princesse. Cette junkie n'arrête pas de fixer la valise de ta grand-mère. Les skinheads là-bas, c'est toi qu'ils regardent. Quand je partirai, Harold va vous virer. Tu veux savoir ce qui se passera ensuite?

Je déglutis.

— Tu essaies de me faire peur?

Son téléphone bipe. Il jette un coup d'œil sur l'écran.

— Bon, faut que j'aille bosser, dit-il. Mon appart est sur le chemin. Vous venez ou pas?

— Je ne sais pas. Je... Comment tu t'appelles?

— Chevalier Ryder.

— Ton *vrai* nom.

— Tu poses trop de questions.

Ryder se lève.

— On ne pourra pas dire que je ne t'ai pas proposé mon aide.

Il sort. Je lorgne en direction des skinheads. On dirait qu'ils regardent à travers mon haut. L'un d'eux se lèche le doigt.

— Mamie, vite!

Je fonce à notre table.

— Il faut aller ailleurs.

— Quoi?

J'attrape sa valise et je la pousse vers la porte.

— Ryder, attends!

33

Ryder nous guide dans des petites rues envahies de mauvaises herbes et bordées de porches décrépits. De nombreuses maisons sont condamnées. Certaines ont des fenêtres recouvertes de papier d'aluminium et de ruban adhésif.

— Est-ce qu'on arrive bientôt à la maison des Oiseaux? demande Mamie.

— Pas ce soir. On va dormir chez notre ami.

Ryder allume une lampe de poche et s'engage dans une allée qui grimpe et serpente entre des garages de travers. Je m'arrête.

— Où tu nous emmènes?

— Chez moi.

Mamie tire sur ma manche.

— Qu'est-ce qui se passe?

— C'est bon, Mamie, ne t'inquiète pas.

— On fait demi-tour, dis-je à Ryder, qui fait coulisser la porte d'un garage.

— C'est juste ici, de l'autre côté.

Que va-t-il se passer si on le suit? Et si on ne le fait pas?

Il disparaît à l'intérieur. Il pourrait y avoir des gens là-dedans, prêts à nous sauter à la gorge. *Je veux rentrer à la maison.* Je serre la main de Mamie et je l'entraîne dans l'obscurité. Des trucs cavalent sur les chevrons, au-dessus de nos têtes.

— Des rats, grommelle Mamie. J'ai pourtant dit à ton grand-père qu'il nous fallait des pièges.

Ryder ouvre une porte au fond du garage et sort dans une cour qui dessert cinq maisons mitoyennes. Les portes et les fenêtres sont condamnées par des plaques de contreplaqué et de grands panneaux «Interdit d'entrer». Le toit du milieu est effondré.

— Il n'y a pas d'eau ni d'électricité, nous prévient Ryder. Vous pouvez faire vos besoins derrière le tas d'ordures. J'ai un seau dans ma chambre, mais seulement en cas d'urgence.

— Tu veux dire que c'est chez toi?

— C'est mieux que la rue.

Ouais. D'accord.

— Mamie, tu as besoin d'aller aux toilettes?

— Non. Ça va, répond-elle après avoir fait un petit bruit d'effort.

On slalome entre des tas de cochonneries jusqu'à une terrasse pourrie; une corde à linge court de la porte jusqu'au poteau téléphonique, près du garage. Nous nous faufilons sous la terrasse et descendons quatre marches. Ryder fait coulisser un panneau de contreplaqué adossé au mur, découvrant la porte d'une cave.

Nous entrons. Des yeux luisent dans l'obscurité. Ryder braque sa lampe sur une famille de ratons laveurs. La mère se secoue et fait disparaître ses petits par un trou dans le mur. Ryder remet le contreplaqué en place.

— Ça ressemble à un rêve que je fais, dit Mamie alors que nous suivons la lampe de Ryder dans l'escalier. Je marche dans des pièces sombres et je ne sais plus où je suis. Est-ce que je suis en train de rêver?

— Oui, mais je suis là, et le rêve se termine bien.

— Tant mieux.

Nous traversons une cuisine éclairée par une lampe à kérosène, où un homme est occupé à gratter les murs, puis nous longeons un couloir couvert de graffitis. J'interroge Ryder à voix basse :

— Qui d'autre vit ici?

— Ça dépend des nuits. J'ai un cadenas sur ma porte et un verrou à l'intérieur. Je n'ai été cambriolé que deux fois.

Il s'arrête devant une porte au cadre abîmé, ouvre le cadenas et nous fait entrer. Un matelas et un sac de couchage traînent par terre, au milieu de la pièce. Des vêtements sont empilés sur des étagères faites de contreplaqué et de blocs de béton. Il y a aussi une table avec des bougies et des allumettes, un sac en toile dans un coin, des cartons de pizza vides et des canettes de boisson gazeuse sur le sol.

Ryder allume la bougie.

— Ne vous inquiétez pas pour le matelas. Je dors dessus depuis six mois, je n'ai jamais été piqué.

— D'où il vient?

Du dépotoir?

— Il appartenait à la fille qui vivait là avant moi : Laura ou Lanie, je ne sais plus. Elle a eu des ennuis au *Razor*, sur George Street. Disparue. Fermez le verrou. Je repasserai demain matin.

Sur ces mots, Ryder s'en va.

Attends!

Je voudrais le rappeler, mais ma gorge ne laisse échapper aucun son. Après son départ, je m'empresse de verrouiller la porte.

— Où est-on? demande Mamie, éberluée. Toujours dans mon rêve?

— On est chez un ami.

— Ah.

Elle va fureter partout, tandis que je regarde le lit. *Laura/ Lanie avait-elle fugué, comme moi? Est-ce qu'on va dormir sur le matelas d'une fille morte?*

Mamie secoue le sac de couchage. Elle s'allonge sur le matelas et se pelotonne sous le sac de couchage.

— Désolée, j'ai les yeux qui se ferment tout seuls.

— Mamie, laisse-moi d'abord t'enlever tes chaussures. S'il te plaît. Ça fait deux jours que tu ne les as pas retirées.

— Et alors? Je n'ai pas envie d'avoir froid aux pieds. Ton grand-père a attrapé froid aux pieds et il a eu une pneumonie. C'est ça qui l'a tué.

Elle bâille.

— Bonne nuit. Éteins la lumière en sortant.

Et elle s'endort.

Je souffle la bougie et je me blottis contre elle. *Qu'est-ce qui m'a pris de fuguer?*

Des gens montent bruyamment l'escalier. Des cris fusent dans la cuisine. Des éclats de voix hargneux. Puis les nouveaux venus déboulent dans le couloir en se cognant partout. Je tire le sac de couchage sur nos têtes pour nous cacher. Les pas montent jusqu'au deuxième étage.

Combien de temps reste-t-il avant le matin?

34

La lumière entre par une fente dans le contreplaqué qui masque la fenêtre. Mamie dort encore. Elle a parlé toute la nuit dans son sommeil, racontant des trucs sans queue ni tête. Je le sais parce que j'étais réveillée. J'ai la peau moite et je suis glacée jusqu'à l'os. Je voudrais m'enfuir, mais où? Je me frotte les yeux.

Un mardi normal, à cette heure-ci, je serais en train de finir mon déjeuner en regardant maman dresser sa liste d'épicerie, tandis que papa commenterait l'émission de radio. *Que font-ils aujourd'hui? Est-ce qu'on est en première page des journaux, Mamie et moi? Si seulement j'avais mon téléphone...*

On frappe à la porte.

— C'est moi. Ryder.

Je le fais entrer. Il est plus petit que dans mon souvenir, et son visage est couvert d'ecchymoses. Il retire sa chemise. Son dos aussi est contusionné.

— Que s'est-il passé?

— Devine.

Il se vaporise du déodorant sous les aisselles et enfile un chandail en coton.

— C'est à cause de ton «travail», c'est ça?

— Qu'est-ce que ça peut te faire?

— Est-ce que tu fais ce que je pense que tu fais?

— Probablement.

Mamie se frotte les yeux.

— Qu'est-ce que c'est que ce remue-ménage?

— Ryder est revenu, dis-je. Il nous a laissées dormir ici cette nuit.

— Je vous emmène chez Trigger et Tibet, annonce-t-il. Ce sont des amis à moi. Ils ont une chambre d'amis et des toilettes.

— Bonne idée, approuve Mamie. J'ai très envie d'aller au petit coin.

Elle observe Ryder en plissant les yeux.

— Vous êtes tombé dans l'escalier?

— C'est ça.

Comme on a dormi tout habillées, on part sur-le-champ. Mamie ne peut pas attendre qu'on arrive chez Trigger et Tibet : elle file derrière le tas d'ordures pendant que Ryder et moi faisons le guet. J'en profite pour lui demander une faveur :

— Je peux t'emprunter ton téléphone, s'il te plaît? Je dois vérifier quelques trucs sur Internet.

Ryder me le passe. En tapant sur Google « Zoé Bird + Grace Bird », j'obtiens six résultats : rien que des stations de radio locales et des journaux. Le *Free Press* dit qu'on a disparu : on s'est volatilisées après avoir appelé un taxi de la ferme Blackstock; toute personne ayant des informations est priée de prévenir la police. Heureusement, la photo de Mamie est floue; la mienne est tirée d'un album de fin d'année de l'école.

— Tu as fini? me demande Ryder en voyant Mamie revenir.

— Ouais, c'est bon. Merci.

Je lui rends son téléphone.

Ryder nous ramène dans le quartier du restaurant. Juste après le parc, il s'arrête devant un magasin : *2TZ Tattoos.* Je jette un coup d'œil entre les barreaux de la vitrine. À l'entrée, il y a un comptoir; au milieu, des canapés rafistolés avec du ruban à conduits; au fond, deux sièges de barbier avec des chariots à plateaux; les murs sont décorés de cercueils et d'épées.

— Détends-toi, me dit Ryder. Les T ont élevé des jumeaux au-dessus de la boutique.

Lorsqu'il ouvre la porte, au lieu d'un tintement de clochette, c'est un hurlement qui retentit. Une grande femme maigre et chauve pivote sur sa chaise de barbier. Elle est plus vieille que maman, mais moins que Mamie. Ses oreilles sont criblées d'anneaux; ses bras et son cuir chevelu sont ornés de fantômes et de bouddhas.

— Hé, Trigger! crie-t-elle en direction de l'étage. Viens voir ce que la marée nous apporte!

J'en déduis qu'il s'agit de Tibet. Son expression change à mesure qu'elle se rapproche de Ryder.

— Non, pas encore!

Trigger descend l'escalier.

— Oh, la vache! s'exclame-t-il en voyant les bleus de son ami.

— Ce n'est rien, se défend Ryder.

— Tu t'es regardé dans un miroir? Un jour, tu vas te faire tuer.

— Je ne travaillerai pas éternellement dans la rue.

— C'est ce que tu disais il y a deux ans.

— C'est bon, ça va, la morale. Vous n'avez même pas dit

bonjour à mes amies...

Tibet plisse le front.

— Oh, pardon!

Puis, se tournant vers Mamie et moi :

— Désolée. Vous êtes...?

— Zoé Bird. Et voici ma grand-mère, Grace Bird.

— Enchantée, dit Mamie en serrant la main de nos hôtes.

— Je les ai trouvées hier soir chez *Sonny's* et je les ai ramenées chez moi, explique Ryder.

— Oh, pauvre petite! s'exclame Tibet. C'est dur, hein...

Elle me serre contre elle. Sa voix est chaude comme une couverture, et ses mains rêches comme des gants de jardin. Puis elle tend les bras vers Mamie, qui hausse les sourcils.

— Qui est mort?

— Personne, Mamie. On est dans un salon de tatouage.

Elle cligne des yeux.

— Mon cousin avait un tatouage dans le dos, se rappelle-t-elle. Un grand tatouage, qu'il s'était fait faire pendant la guerre. Quand il est mort, ils l'ont mis dans un cadre. Le reste a été incinéré.

— Ils lui ont écorché le dos?

— C'était sa dernière volonté. Ça n'a pas plu à tout le monde, croyez-moi. Ma tante le cachait dans un placard.

— Où a-t-il atterri, à la fin? demande Trigger en souriant.

— Dans une vente de garage, je suppose. J'ai besoin de faire pipi.

Encore?

Tibet nous conduit à la salle de bains, à l'étage, et redescend.

Mamie a menti : cette fois-ci, ce n'était pas un simple pipi. Elle se concentre comme pour un contrôle de maths. Un contrôle très difficile. Et enfin…

Plouf.

Silence.

— Ça y est, tu as fini?

— Non.

Mamie secoue la tête.

— Il a un copain.

Je pouffe.

— Comment s'appelle-t-il?

— Junior.

Plouf.

Nous rions toutes les deux. Je l'aide à se laver. Quand nous sortons, j'entends des bruits de dispute, en bas.

— Je n'ai pas de place, dit Ryder.

— Alors tu t'es dit que tu allais nous les refiler?

— Vous m'avez déjà aidé, avant.

— C'était une faveur, pas un droit.

— Je ne pensais pas que vous en feriez toute une histoire.

— Arrête tes idioties! explose Tibet. Tu débarques avec cette pauvre fille et sa grand-mère, et nous, on va se retrouver coincés pendant que tu joues les héros. Je suis trop vieille pour jouer les mères poules.

Je crie de l'étage :

— Je vous entends, vous savez!

Un silence gêné me répond. Je me tourne vers Mamie.

— Reste ici une minute. Je reviens tout de suite.

Je l'assieds sur une chaise, près d'une lampe-crâne, et je descends dans la boutique. Trigger et Tibet sont affalés sur les sièges de barbier. Ryder fixe le sol comme un gamin qui s'est fait gronder par ses profs.

— On n'a pas besoin d'un endroit où habiter, Mamie et moi, dis-je. On cherche mon oncle. Ils se sont disputés, avec Mamie, il y a longtemps. Depuis, ils ne se parlent plus. Il est quelque part en ville, mais je ne sais pas où. J'ai juste besoin de le trouver, pour qu'ils se réconcilient.

— Toronto, c'est grand, observe Trigger.

— Zoé? appelle Mamie de là-haut. Zoé, où es-tu?

— Ici, Mamie. J'arrive dans une seconde.

Je me retourne vers T et T.

— J'ai les noms de ses amis, mais je n'ai pas de téléphone. Si je pouvais rester ici quelques heures, essayer de les trouver sur Internet, passer quelques coups de fil. C'est tout ce dont j'ai besoin. Promis!

— Zoé? insiste Mamie. Zoé, où es-tu?

— Je suis là. Ne t'inquiète pas. J'arrive.

Je coule un regard vers Tibet, qui réfléchit en faisant tourner sa bague serpent.

— Il y a un vieil ordinateur dans la chambre des jumeaux, dit-elle. Et je peux te prêter mon téléphone. On va ajouter un repas et une douche. Mais à six heures, quand on ferme…

— J'ai compris. Merci.

— Zoé?

— J'arrive, Mamie!

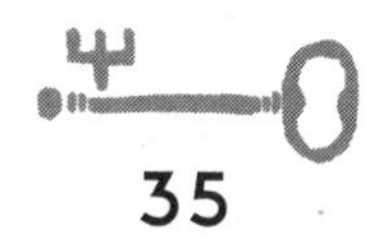

35

Ryder s'en va. Après nous avoir offert du gruau et des rôties pour le déjeuner, Tibet me conduit à l'ordinateur, dans la chambre des jumeaux. En bas, Trigger fait vrombir son pistolet de tatouage.

— Bon, il faut que j'aille travailler, dit Tibet. Ça devient vite dingue quand on est seul en bas.

Elle me tend son téléphone.

— Bonne chance!

Mamie est assise sur la couchette inférieure des lits superposés. Je lui passe les photos d'oncle Teddy et de ses colocataires : Bruce Izumi, Lincoln «Linc» Edwards et Susan Munroe.

Je commence par chercher son meilleur ami, Linc. Sur Canada 411, je trouve deux L. Edwards. Mamie tapote le dos de ma chaise.

— Quel est le mot magique?

— Crème, dis-je, en composant le premier numéro.

— Brûlée!

— Mamie, j'ai besoin de me concentrer.

Ça sonne plusieurs fois.

— Allô?

— Allô, bonjour. Je cherche à joindre Linc Edwards…

— Désolée. Moi, c'est Leslie.

Clic.

Mamie insiste :

— Quel est le mot magique?

— CRÈME! BRÛLÉE! J'ESSAIE DE ME CONCENTRER!

— Désolée, ma puce, lâche-t-elle d'une toute petite voix, comme si je l'avais giflée.

Je lui prends la main.

— Oh, Mamie… Tu sais que j'adore jouer à l'inspecteur Bird, mais tu veux bien qu'on attende un peu?

— OK.

Elle se pelotonne sur le lit.

— À demain, poil aux mains.

Ses yeux se ferment, sa bouche s'ouvre. J'essaie le second Edwards.

« On n'est pas là. Vous savez ce qu'il vous reste à faire. *Bip.* »

La voix me paraît beaucoup trop jeune, mais je laisse quand même un message. Puis je cherche S. Munroe. Il y a Sam, Sandra, Sarah, Seth et un tas d'autres, mais apparemment, soit Susan a quitté Toronto soit elle s'est mariée. Je ne vais pas y arriver.

Tais-toi. Bien sûr que si!

Je cherche Izumi. *Oui!* Bruce Izumi. 248, Hiawatha Road. Je compose le numéro. Une femme décroche.

— Allô?

— Bonjour, ici Zoé Bird. Est-ce que je pourrais parler à

Bruce, s'il vous plaît?

Mon cœur s'arrête de battre.

— Je suis désolée. Bruce est décédé l'an dernier.

— Quoi? Oh, mon Dieu. Je suis désolée. Je...

Je vois en pensée un jeune Bruce Izumi, souriant face à l'appareil photo d'oncle Teddy. *Il est mort?*

— Je peux faire quelque chose pour vous?

— Je ne sais pas. Je... Votre mari partageait une maison à l'université avec Linc Edwards, Susan Munroe et mon oncle, Teddy Bird.

— Je ne me souviens pas de Teddy, mais j'ai rencontré les autres.

— Je cherche mon oncle, mais il a déménagé. Est-ce que vous auriez les numéros de téléphone de Susan et Linc?

— Non, désolée, dit la femme. Mais je crois que Linc est avocat, quelque part en ville.

— Merci pour l'info. Et toutes mes condoléances pour votre mari.

— Merci. Bonne chance pour trouver votre oncle.

Elle raccroche.

Je clique sur *Toronto Businesses*, à la page des avocats. Je fais défiler la liste... Son nom est là! J'appelle le cabinet.

— Dunphy, Edwards et Holmes, fait la réceptionniste.

Je l'imagine comme dans les films, avec des pommettes hautes et une peau parfaite. J'essaie de prendre une voix d'adulte :

— Pourrais-je parler à M. Edwards, s'il vous plaît?

— Je crains qu'il ne soit occupé. Puis-je prendre un message?

— Euh… non, c'est personnel. C'est à propos d'un ami proche. Teddy Bird. Il est mort.

— Je suis navrée. Votre nom?

— Zoé Bird.

— Un instant, s'il vous plaît…

Musique d'ambiance. Puis un homme prend la ligne; il a un léger accent jamaïcain.

— Linc Edwards. Il est arrivé quelque chose à Teddy?

— Non. J'ai dit à votre réceptionniste qu'il était mort pour pouvoir vous parler.

— Je vous demande pardon?

— Je suis Zoé Bird, la nièce de Teddy, mais il ne sait sûrement pas que j'existe. Je suis en ville avec ma grand-mère, sa mère. Est-ce que vous auriez son numéro?

Silence.

— Que veut Mme Bird?

— Rien. Écoutez, ce n'est pas une arnaque, OK? J'ai lu les lettres d'oncle Teddy. Je sais que vous étiez son ami et que vous avez partagé une maison avec Bruce Izumi et Susan Munroe. Vous aviez un chien qui s'appelait Mister Binks et vous faisiez des tours de cartes. Et, euh… Mamie a besoin de l'aide d'oncle Teddy.

— Si vous avez lu les lettres, vous devez savoir qu'ils ne se parlent plus.

— Oui. Mais Mamie regrette. Elle est vraiment désolée. Et personne n'est parfait, n'est-ce pas?

Ma voix se brise.

— Zoé. Vous vous appelez bien Zoé? me demande-t-il gentiment.

— Oui.

— Zoé, vous êtes jeune, et je sais que c'est dur à entendre, mais parfois, il vaut mieux laisser les choses comme elles sont.

— Pas cette fois-ci…

Allez, parle! Mamie a besoin que tu parles.

— Je suis la seule à protéger Mamie, et je n'y arrive plus. Elle a besoin d'aide. Si je ne trouve pas oncle Teddy, elle va se retrouver enfermée dans une maison de retraite. Je l'aime… S'il vous plaît.

Silence. Puis :

— Quel est votre numéro?

Je le lui donne en précisant :

— Ce n'est pas mon téléphone. C'est celui d'une femme qui s'appelle Tibet. Elle possède le salon de tatouage *2TZ*, près de l'ancien appartement de Teddy, sur Jarvis Street. Mamie et moi n'y serons que jusqu'à 18 heures ce soir. Ensuite, on sera dans la rue ou dans un refuge, ou je ne sais où…

Cette fois, je suis au bord des larmes.

— Je vais transmettre votre message, me promet M. Edwards. C'est tout ce que je peux faire.

— D'accord. Merci.

Il raccroche.

OK. Là, il appelle oncle Teddy… Oncle Teddy nous rappelle…

Je fixe le téléphone. Rien.

Bon, il a pris le temps de réfléchir. Il appelle maintenant. Là!

Toujours rien.

MAINTENANT! Allez... Oncle Teddy, quel genre de type es-tu? On vient de t'apprendre que ta mère et ta nièce sont à la rue, et tu ne peux même pas décrocher ton téléphone? Tu n'as même pas le courage de nous envoyer promener? Est-ce que tu es vraiment un sale type?

Non, Teddy n'est pas un sale type. M. Edwards n'a pas réussi à le joindre, c'est tout. Il est en ligne avec quelqu'un d'autre. Il faut juste que je patiente et que j'arrête d'y penser.

Mais comment? J'ai une idée! Ça fait des jours que Mamie n'a pas retiré ses chaussures. Je vais lui aérer les pieds.

Je lui enlève doucement ses chaussures, puis ses chaussettes. Des petits bouts de peau morte tapissent le coton noir, tels des flocons de neige. Mon cœur frémit. Je vais à la salle de bains chercher un tube de crème hydratante et je lui masse les pieds. Mamie continue de somnoler en ronflant doucement. Je lui mets des chaussettes propres et je lui pose une couverture sur les pieds.

Oncle Teddy n'a toujours pas appelé.

Il doit y avoir une raison. Le pasteur Nolan dit qu'il y a une raison à tout.

Et s'il n'y en avait pas?

Soudain, une vague de nostalgie me submerge. J'imagine les filles de maman attendant fébrilement des nouvelles, assises dans le coin-repas. J'entends maman dire : « Je ne suis pas inquiète », alors qu'elle se demande en fait combien de temps il faudra pour retrouver nos corps. Après leur départ, elle s'essuie longuement les mains, pendant que papa tond la pelouse pour se changer les idées.

J'ai une boule énorme dans la gorge. Je devrais les appeler. *Je ne peux pas.* Je dois le faire. *Non.*

De l'air, j'ai besoin d'air!

J'écris « Mamie, reste en haut. ☺ Zoé » sur deux feuilles de papier. J'en glisse une dans sa chaussure gauche et j'emporte l'autre en bas.

Trigger travaille sur un type à la peau tatouée de tampons de passeport. Tibet s'occupe d'une femme qui presse une balle de tennis.

— Mamie dort, dis-je. Je sors prendre l'air. Si elle descend, vous pouvez lui montrer ce mot?

— OK.

Le bruit des pistolets de tatouage ressemble à celui des fraises du dentiste.

Je pose le mot sur le plateau de Tibet et je pousse la porte. Le hurlement retentit; je me retiens de crier, moi aussi. Dehors, le ciel est nuageux. Je m'assieds sur le trottoir, sous les barreaux de la vitrine, et je me cogne la tête contre les briques. *Je ne peux pas rentrer à la maison. Pas maintenant. Si oncle Teddy n'appelle pas, je vais devoir renvoyer Mamie. Ryder a raison : ici, elle risque de tomber malade ou de se blesser.*

Je me cogne à nouveau la tête.

Mamie, je vais t'emmener à l'hôpital. Je leur donnerai le numéro de papa et maman. Ils viendront te chercher… Non, je ne peux pas rentrer à la maison avec toi. Je dois rester ici… Non, tu ne peux pas rester avec moi. Je suis désolée. On va se dire au revoir...

Je me cogne encore. *Oncle Teddy, appelle, s'il te plaît!*

Comme par magie, le téléphone sonne. *Numéro inconnu.*

— Allô? Je voudrais parler à Zoé Bird, fait une voix de femme.

— C'est moi.

— On m'a dit que tu étais avec ta grand-mère au salon de tatouage *2TZ* et que tu essayais de joindre ton oncle.

— Oui. Mon oncle Teddy.

— Est-ce que tu peux être au *Tim Horton's*, au 150 Jarvis Street, dans une heure?

Mon cœur fait un saut périlleux.

— Oui, bien sûr!

Je préviens Trigger et Tibet. Ils me souhaitent bonne chance alors que je file au rendez-vous.

Le café est à cinq minutes à pied. Je m'installe à une table pour deux près d'une fenêtre, et je tue le temps en dévisageant tous les hommes d'âge moyen. Ceux qui passent la porte, mais aussi ceux qui traversent la rue, et même les passants sur le trottoir. *Est-ce que c'est lui? Lui? Lui? Est-ce qu'il est chauve? A-t-il une barbe? Et s'il a une famille et des enfants? Et s'il n'a pas de place pour nous?*

Les nuages sont de plus en plus sombres. Des gouttes de pluie strient la fenêtre. Une femme vêtue d'un tailleur bleu marine, avec un sac à bandoulière crème et des chaussures assorties entre dans le café. Elle est un peu trop chic pour ce genre d'endroit. Elle referme son parapluie, regarde autour d'elle et s'avance jusqu'à ma table.

— Zoé Bird?

— Hein? Qui êtes-vous? Je n'ai rien fait de mal.

— Non?

Tout à coup, ça me frappe : les boucles. Le nez retroussé. Les pommettes.

— Oncle Teddy?

36

— Teddi, oui. Avec un « i ». Oncle, pas vraiment.

Elle s'assied en face de moi.

— Je ne suis pas ce à quoi tu t'attendais? me demande-t-elle avec un sourire.

— Non. Enfin, oui… Je veux dire : je ne sais pas à quoi je m'attendais.

— Ce n'est pas grave. Ça ne servait à rien de te le dire.

Oh mon Dieu! Comporte-toi normalement.

— J'ai essayé de te trouver sur Internet, mais ça n'a rien donné, dis-je.

— J'ai changé de nom. Je m'appelle Burgess maintenant.

— Burgess?

— C'est le nom de mon mari.

Elle frappe la table du plat de la main.

— Bon! Ça passera peut-être mieux avec un beignet…

— Je n'ai pas faim.

— Moi oui.

Elle se lève.

— Ne bouge pas! m'ordonne-t-elle.

Alors, comme ça, mon oncle — ma tante? — est trans… Et mariée?

Je la regarde, debout devant le comptoir. Son style est impeccable, et elle en impose, contrairement aux filles du salon de maman. Elle a des boucles courtes et un maquillage discret. En guise de bijoux, elle porte un collier en argent et une alliance. Elle a de grandes mains et de jolis ongles.

Teddi revient avec deux beignets glacés au miel, un café pour elle, un Coca-Cola pour moi et des serviettes de table.

— Merci.

Elle hoche la tête. Et soudain, son sourire s'efface.

— Alors… Qu'est-ce que tu fais avec ma mère à Toronto? Dans un salon de tatouage?

— S'il te plaît, ne me dispute pas.

— Je ne te dispute pas. Je demande simplement.

J'enroule les jambes autour des pieds de la chaise.

— OK. Bon. Je ne sais pas comment le dire… Enfin oui, mais ça prendrait un temps fou, alors, ne parlons pas de moi. C'est Mamie. Mes parents l'ont mise dans une maison de retraite, et elle ne veut pas y rester. Au point qu'elle dit qu'elle va mourir. Elle dit aussi que tu n'aurais jamais fait ça, que tu te serais occupée d'elle. Alors, on s'est enfuies, et depuis, on essaie de te retrouver.

— Je vois.

Teddi coupe son beignet en deux avant de mordre dedans.

— Premièrement, ta grand-mère ne mourra pas parce qu'elle est dans une maison de retraite. Deuxièmement, elle n'a pas besoin de *mon* aide. Elle a besoin d'aide tout court. Elle n'arrive plus à s'en sortir toute seule.

— Comment tu le sais?

— Ton père m'a téléphoné hier soir. Il était fou d'inquiétude et se demandait si vous m'aviez contacté. Apparemment, il avait été question de moi dans la conversation.

— Ne crois pas ce qu'il t'a dit. Sans lui, tu te serais réconciliée avec Mamie.

— Ton père n'a rien à voir avec ce qui s'est passé entre ta grand-mère et moi.

— C'est ce que tu penses. Quand tu as envoyé ton nouveau numéro de téléphone à Mamie, papa a volé la lettre. C'est pour ça qu'elle ne t'a jamais écrit ni appelé.

Teddi se tapote les lèvres avec une serviette.

— Je n'ai jamais rien envoyé à ta grand-mère.

— Comment papa savait-il où te joindre, alors?

— Il a mes coordonnées depuis des années. J'ai pris contact avec lui quand il avait vingt ans. Il m'a demandé si je voulais lui rendre visite, mais j'ai refusé. Je ne voulais pas rouvrir de vieilles blessures, seulement qu'il me prévienne à la mort de nos parents. Il a eu la gentillesse de m'appeler quand ton grand-père est décédé.

Au secours, je me noie. Sortez-moi la tête de l'eau!

Teddi me pose une main sur le bras.

— Ton père est un type bien, Zoé. Crois-moi.

J'ai un trou à la place de l'estomac. Et soudain, une pensée me frappe :

— Est-ce qu'ils savent que tu m'as trouvée?

Elle acquiesce.

— Je leur ai dit qu'on avait rendez-vous. Je dois les rappeler.

— Quoi? Non!

Un coup de tonnerre éclate dans le lointain.

— Zoé, dit calmement Teddi, je sais que tu t'inquiètes pour ta grand-mère, mais je ne peux garantir que cette histoire finira bien.

— Tu dois d'abord parler à Mamie.

— On ne s'est pas vues depuis trente ans. Nous sommes devenues des étrangères l'une pour l'autre.

— Pour Mamie, c'est comme si c'était hier.

— Oui. Eh bien…

Teddi contemple la pluie qui ruisselle sur la fenêtre. Je l'interroge :

— Vous vous aimiez.

— Beaucoup.

J'essaie de capter son regard.

— Comment peut-on aimer quelqu'un au point de ne plus vouloir le voir?

— Tu comprendras si ça t'arrive un jour. Je ne te le souhaite pas.

— S'il te plaît. Je suis désolée, c'est juste que…

Mes yeux s'emplissent de larmes. Mes oreilles me brûlent.

— Mamie est tout ce que j'ai. J'ai besoin de comprendre maintenant.

L'expression de Teddi s'adoucit. Elle sort un mouchoir de son sac à main et me le tend.

— D'accord, soupire-t-elle. Si tu as lu mes lettres, tu sais que ton grand-père et moi nous détestions. Ta grand-mère nous aimait tous les deux. Elle m'a rendu visite à Toronto, en espérant qu'il finirait par changer d'avis. À l'époque, ils pensaient que j'étais gai. Mais à la fin de la deuxième année, j'ai dit à maman que j'étais une femme trans; j'avais fait l'évaluation psychologique et je commençais à prendre des hormones. Quand j'ai obtenu mon diplôme, j'avais utilisé mes économies pour les opérations.

— Mamie a paniqué?

Teddi secoue la tête.

— Elle était un peu chamboulée, mais elle m'a dit qu'elle m'aimait quand même. Elle n'était pas tellement surprise, en fait. J'avais dit des choses, quand j'étais petite, et pendant ma puberté, j'étais un vrai désastre. Quand maman m'a dit que ça ne lui posait pas de problème, c'est comme si on m'avait retiré un poids énorme de la poitrine. Je vivais déjà comme une femme avec mes amis. Pouvoir lui en parler ouvertement, c'était un bonheur incroyable.

— Pourquoi tu ne lui as pas envoyé de photos de toi, après ton opération?

— Je l'ai fait, dit-elle sèchement. J'en déduis qu'elle ne les a pas gardées.

Je rougis.

— Mamie a des tas de boîtes. Elles sont probablement dans l'une d'elles.

— Ça n'a pas d'importance.

— Bon. Mais quelque chose m'échappe. Vous vous aimiez,

vous vous écriviez, vous vous téléphoniez... Alors, pourquoi les choses ont-elles aussi mal tourné, aussi vite?

— Mon grand-père est mort.

— Hein?

Le visage de Teddi est de pierre.

— Maman m'a demandé de venir à l'enterrement en tant qu'homme. J'ai refusé : ce n'était pas moi. Elle a rétorqué que je ne devais pas penser à moi, mais à mon grand-père. Je lui ai renvoyé le compliment : il n'était pas non plus question d'elle, ni de papa, et je viendrais comme j'étais. Maman m'a dit que, dans ce cas, c'était peut-être mieux que je ne vienne pas : je n'avais pas mis les pieds à la maison des Oiseaux depuis des années; j'avais affirmé que je ne voulais plus jamais revenir; les gens avaient cessé de demander de mes nouvelles; pourquoi causer de nouveaux remous? Elle a dit : «Tu veux que ton frère se fasse taper dessus par les gamins de la ville? Toi, tu peux aller et venir comme ça te chante. Nous, on doit vivre ici.»

— C'était un peu vrai, non?

— Ça ne devrait pas être un problème quand on fait partie d'une famille... mais ce n'était manifestement pas le cas. Maman trouvait que je n'étais pas raisonnable. J'aurais voulu qu'elle comprenne ce que j'avais traversé. Est-ce qu'elle pensait vraiment que je jouais à me déguiser? À partir de là, c'est allé de mal en pis. On a échangé des lettres furieuses, on s'est raccroché au nez... Elle m'a reproché de me comporter comme une étrangère. Je lui ai répliqué que mes amis n'étaient pas de cet avis. C'étaient eux, ma famille; plus qu'elle. Quelques jours plus tard, j'ai reçu un colis. Elle me renvoyait un foulard que je lui avais tricoté...

— Tu avais le même, n'est-ce pas?

Teddi acquiesce.

— Peut-être qu'elle voulait juste se défouler; je ne sais pas, et je m'en fiche. Je lui ai écrit une lettre affreuse; une lettre pour la blesser autant qu'elle m'avait blessée. On n'a pas communiqué depuis. Je ne sais même pas si elle me reconnaîtrait.

Silence.

— Zoé, ajoute Teddi, ta grand-mère ne peut pas s'en sortir dans la rue. Tu le sais bien. Il faut qu'elle rentre.

Je tords ma serviette de table.

— Toi aussi, tu devrais rentrer, ajoute Teddi doucement. Maman va avoir peur quand je l'emmènerai. Elle aura besoin de quelqu'un en qui elle a confiance, pour la rassurer. Tu seras là pour elle, n'est-ce pas?

Je hoche la tête. *Non, je ne vais pas pleurer.*

— Alors, maintenant, on fait quoi?

Teddi sort son téléphone.

— Maintenant, tu vas parler à tes parents.

— Je ne peux pas.

— Tu es une jeune fille courageuse. Tu peux tout faire.

Elle compose le numéro.

— Tim, je suis avec Zoé... Oui, elles vont bien, toutes les deux.

Papa bredouille quelque chose.

— De rien… Bien sûr.

Elle me passe le téléphone. J'avale ma salive.

— Papa?

— Zoé, où êtes-vous passées? Où avez-vous dormi? sanglote-t-il.

— Dans un hôtel.

— Ta mère et moi, on…

Maman décroche l'autre récepteur.

— Zoé! s'écrie-t-elle, avant de fondre en larmes.

— Maman, s'il te plaît, arrête de pleurer. Je vais bien.

— On a eu tellement peur. On a pensé que… Je ne peux pas te dire ce qu'on a pensé.

— Vous allez m'envoyer en pension, c'est ça?

— On en parlera plus tard. Pour l'instant, on veut juste que tu rentres à la maison.

Je n'arrive plus à réfléchir; c'est à peine si j'arrive à respirer.

— Ça m'est égal, dis-je d'une voix étranglée.

Teddi récupère le téléphone.

— Tim, Zoé est un peu bouleversée, là… Oui, je lui dirai… Il pleut. Ça risque d'être difficile. Ce n'est pas le temps idéal pour faire des allers-retours en voiture. Elles peuvent passer la nuit chez nous… Entendu.

Elle raccroche.

— Ton père me dit de te dire qu'ils t'aiment.

Je hausse les épaules.

— Ils ne me connaissent pas.

— Ils ne demandent que ça…

Qu'est-ce que tu en sais?

Je m'essuie le nez.

— OK. Allons chercher Mamie.

37

Quand nous sortons, il tombe des cordes. Nous restons abritées sous l'auvent pendant que Teddi compose un numéro sur son téléphone cellulaire.

— Wilf? Je suis avec Zoé. On a fini de discuter; on va récupérer ma mère à *2TZ*. Nous serons là d'ici quarante minutes.

J'attends qu'elle ait raccroché pour l'interroger :

— Mamie ne connaît pas ton mari, n'est-ce pas?

— Non, confirme-t-elle en ouvrant son parapluie. C'est le jour des présentations.

Nous nous aventurons sur le trottoir sous des trombes d'eau; je me presse contre Teddi pour ne pas me faire tremper. Le tonnerre gronde toujours lorsqu'on arrive à *2TZ*. Une petite foule s'abrite devant la boutique. Trigger est à la caisse. D'un geste, il nous montre Tibet qui encre le cuir chevelu d'un motard, dans le fond. L'homme est plaqué contre le dossier de son siège, comme s'il freinait pour éviter un carambolage. Il mord dans une balle en caoutchouc.

— Vous êtes Tibet, je présume, dit Teddi, imperturbable. Je suis la tante de Zoé. Merci d'avoir veillé sur sa grand-mère.

— De rien.

Je promène un regard autour de moi.

— Mamie est en haut?

— Je suppose que oui, si elle n'est pas ici. On lui a montré ton mot.

Tibet se penche vers le motard.

— Juste un peu de remplissage à gauche. Je passe à la vitesse supérieure, OK?

— FURFA FURF!!!! beugle le type, et il s'évanouit.

— Je vous offre un café? Un whisky? propose Tibet.

— Non, merci, décline Teddi. On va y aller, dès que l'orage se sera calmé.

Elle se tourne vers moi.

— Zoé, tu peux aller chercher ta grand-mère, s'il te plaît?

J'acquiesce et je me dirige vers l'escalier. En montant les marches, je m'interroge : *Qu'est-ce que je vais lui dire? «Mamie, tu retournes à Greenview»?*

Je traverse le salon et j'entre dans la chambre des jumeaux. La valise de Mamie est ouverte; ses photos sont dispersées sur le couvre-lit, mais elle n'est pas là.

— Mamie?

S'il vous plaît, faites qu'elle soit dans l'autre chambre.

Elle n'y est pas.

OK, pas de panique.

— Mamie?

J'ouvre la porte de la salle de bains. Elle n'est pas là non plus.

— Mamie?

Je dévale l'escalier.

— Mamie n'est pas là-haut.

— Comment ça? fait Teddi.

— Elle n'est pas là!

Tibet pose son instrument.

— Elle a dû sortir en douce quand tous ces gens sont arrivés, suggère-t-elle en montrant la foule entassée devant la vitrine.

Teddi se fige.

— MAMAN! s'écrie-t-elle, angoissée.

Respire.

— Il pleut, dis-je. Elle n'a pas pu aller bien loin. On l'aurait croisée si elle était partie dans la direction d'où on est arrivées. Elle a dû aller vers le parc.

Nous essayons de nous frayer un passage à travers la foule massée devant la porte, mais personne ne bouge. Je crie aux récalcitrants :

— Attention, je vais vomir!

Les badauds s'écartent et nous nous ruons dehors. On n'a pas fait un mètre qu'une rafale retourne le parapluie de Teddi. Elle le ferme.

— Allons-y!

On court jusqu'au parc en se protégeant le visage avec les bras. Des éclairs déchirent le ciel. La pluie nous martèle le dos. Les caniveaux débordent. Les trottoirs se changent en ruisseaux; bientôt, on a de l'eau jusqu'aux chevilles. Je trébuche dans un nid-de-poule, et Teddi me rattrape *in extremis.*

Avec la pluie qui ruisselle dans mes yeux, je n'y vois quasiment rien.

— MAMIE!

— MAMAN!

Des sans-abris se sont réfugiés sous les arbres. Nous passons de groupe en groupe en appelant Mamie. Elle n'est nulle part. *Où est-elle passée?*

Soudain, un crissement de freins retentit, suivi par un concert de klaxons. Au milieu du chaos, j'entends la voix de Mamie :

— ZOÉ! OÙ ES-TU?

L'éclair suivant révèle une minuscule vieille dame qui décrit des cercles au milieu de la chaussée. Mamie.

— MAMIE! J'ARRIVE!

— ZOÉ! crie-t-elle en cherchant d'où vient ma voix.

Je cours vers elle et je l'attrape. Teddi se précipite devant nous en agitant les bras pour arrêter les voitures, et nous regagnons à la hâte l'arrêt d'autobus, au coin de la rue. Un homme dort sur le banc; nous nous blottissons de l'autre côté, Mamie entre nous.

La pluie crépite sur le toit, mais nous sommes à l'abri. Les phares brillent à travers le rideau d'eau qui ruisselle sur la paroi vitrée. Mamie me serre dans ses bras. Elle a les cheveux emmêlés, les yeux écarquillés.

— Ne pars plus jamais comme ça, me dit-elle. Tu m'as rendue folle d'inquiétude.

— Je ne le ferai plus, Mamie. Je te le promets.

Teddi lui pose sa veste bleu marine sur les épaules.

— Merci, dit Mamie en se tournant pour voir qui l'a aidée.

Un tramway s'arrête au feu rouge, et ses phares éclairent le visage de Teddi. Mamie la regarde fixement. Elle porte une main à sa bouche.

— Zoé, chuchote-t-elle : est-ce que je connais cette personne? Je crois que je la connais.

Puis à l'intention de Teddi :

— Je suis désolée, dit-elle, désorientée et effrayée. Est-ce que je vous connais?

Teddi hésite.

— Ma vue n'est plus aussi bonne qu'avant, et ma mémoire me joue des tours, poursuit Mamie. Mais quand même, il me semble... Il y a quelque chose... Est-ce que je vous connais? Je crois que oui. Qui êtes-vous?

— Teddi, dit-elle doucement.

Mamie tend la main. Elle suit les contours de son visage du bout des doigts.

— J'ai eu un Teddy, autrefois. J'aimais tellement mon enfant.

Teddi pose les mains sur celles de Mamie.

— J'avais une mère que j'aimais.

— Teddi.

Les yeux de Mamie se remplissent de larmes.

— Est-ce que tu es *ma* Teddi?

— C'est moi, confirme-t-elle, bouleversée.

Elle attire Mamie contre elle.

— Je t'ai fait du mal, sanglote Mamie.

Teddi lui caresse les cheveux.

— Chut. Chut. Moi aussi, je t'ai fait du mal.

— Tu veux bien me pardonner?

— De tout mon cœur. Et *toi,* tu veux bien?

— Oh oui, dit Mamie. Teddi. Je veux rentrer chez moi. Rentre à la maison avec moi.

— On va rentrer, accepte Teddi.

Elle me fait un signe de tête et nous nous étreignons longuement, toutes les trois.

Le reste n'est que silence.

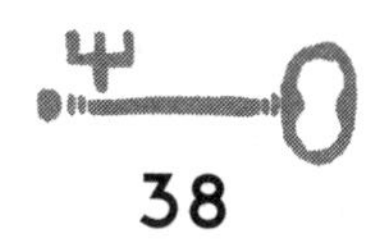

38

Vers 5 heures et demie, on profite d'une accalmie pour retourner chez *2TZ*. Trigger et Tibet s'apprêtent à fermer, mais en voyant Mamie trempée et frigorifiée, ils nous proposent de lui donner un bain chaud à l'étage. Je lui soutiens le dos pendant qu'on l'installe dans la baignoire.

— Oh mon Dieu, ça fait du bien! dit-elle en fléchissant les orteils.

Je me mets au travail avec un gant de toilette et du savon. Tout en lui frottant les épaules, je l'interroge :

— Et là, ça fait du bien aussi?

— Un peu plus à gauche, s'il te plaît, ma puce.

Après le bain, nous la séchons soigneusement, puis je sors des vêtements de rechange de sa valise et je l'aide à s'habiller pendant que Teddi appelle papa et maman.

— Je ne peux pas tout vous expliquer au téléphone, mais je vais les ramener en voiture, dit-elle. J'aimerais bien passer quelque temps avec maman à la maison des Oiseaux, avant qu'elle s'en aille. Il faut qu'on fasse connaissance de nouveau. Ce n'est pas un problème? Non, bien sûr, la question ne se pose pas. Entendu. À plus tard.

Nous descendons nos affaires. Trigger et Tibet ont fermé

boutique et sont assis avec Ryder sur les canapés destinés aux clients. Je présente Ryder à Teddi, puis elle part chercher sa voiture. En attendant son retour, Mamie et moi nous asseyons sur le divan en vinyle vert. Mamie hoche la tête comme si elle comprenait tout ce qui se passe, mais je vois bien qu'elle est désorientée.

— Alors, quel est le programme? s'informe Tibet.

— Pour l'instant, Teddi nous emmène chez elle, et demain, elle nous raccompagne à la maison.

— Bon, vous n'aurez pas besoin de moi, conclut Ryder. Je suis passé au cas où, pour voir s'il fallait vous trouver un refuge.

— Merci, mais...

La suite reste coincée dans ma gorge. Je tripote le rembourrage de l'accoudoir, rafistolé au ruban adhésif.

— Allez, courage! me dit Trigger. Tout est bien qui finit bien.

— Pas vraiment. Maman et papa veulent que je revienne, mais...

— Il n'y a pas de mais, objecte Ryder. Tu as des parents chez qui aller...

— Tu ne comprends pas.

— Non. C'est *toi* qui ne comprends pas.

Je n'insiste pas. On ne se dispute pas avec quelqu'un qui a des yeux pareils.

— On est à une fête? me glisse Mamie à l'oreille.

— En quelque sorte. Une fête d'adieu.

— Qui s'en va?

— Nous. On rentre à la maison.

— Ah, bien.

C'est un peu gênant de se retrouver coincé avec des gens à qui on n'a rien à dire. Tibet, Trigger et Ryder ont été adorables, mais maintenant, on a tous le sourire figé des personnes qui attendent d'être prises en photo.

Heureusement, Teddi revient vite. Nous sortons pour installer Mamie et nos affaires dans la voiture. Trigger, Tibet et Ryder m'étreignent chaleureusement, puis Tibet me glisse une carte dans la main, au cas où je reviendrais en ville. Je me tourne vers Ryder.

— Tu veux que Teddi te dépose quelque part?

— Non, merci, dit-il en enfonçant les mains dans ses poches. Je vais rester ici, attendre voir...

— OK. À plus tard, alors.

— À plus tard, me répond-il, mais il sait comme moi qu'on ne se reverra probablement jamais.

Quand Teddi démarre, je me retourne pour jeter un coup d'œil derrière nous. Ryder, adossé contre un lampadaire, regarde passer les voitures. Il disparaît dans la brume.

* * *

Teddi nous conduit dans le Toronto qu'on voit dans les magazines. Son appartement est situé sur Mount Pleasant Road. Il surplombe un parc. Bon d'accord, c'est un cimetière, mais si vous étiez mort, c'est le genre d'endroit où vous voudriez habiter.

Wilf, le mari de Teddi, nous a préparé un poulet rôti. Il est beaucoup plus petit que Teddi, avec des cheveux clairsemés et des taches de vieillesse. Il nous invite à entrer dans la salle à manger, avec vue sur le parc. Comme les tableaux accrochés aux murs, les tapis et les lampes posées sur les tables basses en verre, la table est sublime : en bois massif couleur ébène, avec un bouquet de fleurs au centre.

Wilf et moi sommes assis d'un côté, Teddi et Mamie de l'autre. Ces deux-là n'ont d'yeux que l'une pour l'autre. Mamie est toute timide; Teddi, pleine d'attentions. Une ou deux fois, un nuage trouble le visage de Mamie.

— Je suis Teddi, murmure affectueusement Teddi.

— Oui, dit Mamie en souriant. Teddi.

Wilf me fait la conversation. C'est un directeur à la retraite, alors naturellement, il m'interroge sur l'école. Il veut savoir quelles sont mes matières préférées, ce que je fais pendant mon temps libre, et quel métier je veux faire plus tard.

— Si c'était à refaire, je resterais enseignant, me confie-t-il. J'ai adoré les salles de classe, et tous ces jeunes débordant d'idées.

Il enseignait les sciences, à l'époque. Avec quelqu'un comme lui, je parie que c'était amusant.

L'appétit de Mamie se réveille au dessert, pour la crème glacée et les brownies. Peu après, elle commence à somnoler. Teddi et moi l'emmenons dans la chambre à coucher. Nous lui enfilons un pyjama en flanelle et des chaussettes en laine de Wilf, pendant que ce dernier débarrasse le couvert. Je vais dormir avec elle cette nuit; Teddi et Wilf prendront le canapé-lit dans la chambre d'amis.

Une fois Mamie endormie, nous allumons une veilleuse et sortons de la chambre sur la pointe des pieds. Wilf lit dans le salon. Il a préparé du chocolat chaud et une assiette de biscuits. Teddi s'assied avec moi sur le canapé d'en face.

— C'est dur de la voir comme ça, commence-t-elle. Maman a toujours été si forte...

— Elle l'est toujours, dis-je en fixant ma tasse.

J'attends que Teddi me contredise, mais non.

— À quoi tu penses? me demande-t-elle doucement.

— À rien.

J'enfonce les orteils dans le tapis. Teddi et Wilf se taisent. *Parlez. Dites quelque chose.* Le silence s'installe. *OK. Très bien.* Je me lance :

— J'ai peur de rentrer à la maison.

— Il ne faut pas, affirme Teddi. Tes parents t'aiment. Tout va bien se passer.

— C'est facile à dire, pour toi. À peine arrivée, ils vont m'expédier dans ce pensionnat hyper strict dont mon oncle Chad leur a parlé. Mamie perd la mémoire à toute vitesse. Elle va m'oublier. Qu'est-ce qui va arriver?

Teddi me passe un bras autour des épaules.

— L'inquiétude est une chose terrible.

— Je sais. Mais je suis obligée de m'inquiéter. Il n'y a pas que Mamie; il y a aussi ma cousine Madi. Elle a failli me tuer, et tout le monde s'en fout.

— Quoi?

Soudain, comme si j'avais ouvert une vanne, je déballe tout : le pont, les crachats, Lèche-bottes et ses amis qui ont failli me balancer sur les rochers et les barbelés. Qui m'ont prévenue qu'ils me le feraient payer si je racontais ce qui s'est passé. Qui m'ont assuré que la prochaine fois, ils me tueraient pour de bon.

Wilf me passe un mouchoir.

— Tu l'as dit à tes parents?

Je fais oui de la tête.

— Ils ne me croient pas. Ils ne me croient jamais. Sur rien.

Dans la foulée, je leur raconte l'histoire de la maison de poupée, de la drogue, des condoms, etc.

— Je vais leur parler, décide Teddi.

— Ça ne changera rien.

— On verra.

— Ce n'est pas « on verra ». Je le sais.

Ma voix tremble.

— Je suis désolée, je ne peux plus parler!

Je me précipite dans la chambre et je ferme la porte.

Pourquoi suis-je aussi perdue? Pourquoi ne suis-je pas normale? Pourquoi la vie est-elle aussi compliquée?

Je me mets au lit et je me blottis contre Mamie.

Ne m'oublie pas, Mamie. S'il te plaît. Ne m'oublie jamais!

39

Le lendemain matin, Wilf nous prépare des crêpes. Il est vraiment incroyable.

Teddi se présente. Pour Mamie, la réconciliation est une nouveauté. Elle dévore Teddi du regard pendant tout le déjeuner, les yeux pétillants d'émerveillement. De temps en temps, elle demande :

— Teddi?

— Oui maman, répond Teddi. Je suis tellement contente que tu sois là…

— Moi aussi, fait Mamie.

Une fois la table débarrassée, Teddi disparaît dans la chambre d'amis. Elle farfouille dans les placards et revient avec une petite boîte en carton.

— J'ai quelque chose pour toi, maman, dit-elle en la donnant à Mamie.

— Merci.

Mamie, déconcertée, soulève le couvercle. À l'intérieur, elle découvre un foulard en tricot jaune et orange avec des touches violettes.

— Oh mon Dieu!

— J'ai le même, signale Teddi.

— Je me souviens de ce foulard. Je l'adorais. Je croyais l'avoir perdu pour toujours.

— Perdu et retrouvé, dit Teddi en lui embrassant le front.

Après le déjeuner, j'aide Mamie à s'habiller. Elle veut absolument porter son foulard. Teddi met le sien aussi, pour aider Mamie à se rappeler qui elle est. Puis nous prenons l'ascenseur pour descendre au terrain de stationnement, où est garée sa voiture.

Que va-t-il se passer quand on arrivera à la maison?

J'ouvre la portière côté passager pour que Mamie s'y installe; mes mains sont aussi moites que celles de papa. Puis je m'assieds à l'arrière.

— On va à la maison des Oiseaux? s'enquiert Mamie.

— Ça te ferait plaisir? lui demande Teddi.

— Bien sûr! C'est là que je vis. C'est là que je vais mourir, aussi.

— Tu ne vas pas mourir de sitôt.

— J'espère bien que non.

Belle esquive.

Mamie s'endort dès qu'on roule sur l'autoroute; on dépasse des tonnes de voitures. Alors que j'écoute la sélection de chansons de Teddi, une question me titille l'esprit :

— Dis, Teddi…

— Oui?

C'est malin! Maintenant, je suis obligée *de dire quelque chose.*

— Je peux te poser une question personnelle?

— Bien sûr, dit-elle en baissant le volume de la musique.

Trois, deux, un :

— À quel moment tu as su que tu étais une fille?

Teddi me sourit dans le rétroviseur.

— Je serais tentée de dire depuis toujours, mais mes souvenirs ne remontent pas aussi loin.

— Mais *comment* tu l'as su?

— Je l'ai su, c'est tout. Comme toi.

— Mais moi, j'avais un corps de fille.

Teddi acquiesce.

— C'était très dérangeant.

Je médite un instant sa réponse.

— À qui tu l'as dit en premier?

— À maman. Ta grand-mère.

— *Vraiment?*

— J'étais toute petite. Un soir, pendant qu'elle me bordait dans mon lit, je lui ai demandé : «Maman, pourquoi je n'ai pas l'air d'une fille?»

— Qu'est-ce qu'elle t'a répondu?

— «Parce que tu es un garçon.» Alors, j'ai dit : «Je ne me sens pas comme un garçon.» «Comment crois-tu que les garçons se sentent?» m'a-t-elle demandé. «Je ne sais pas. Pas comme moi.»

— Mamie l'a répété à grand-papa?

— Je ne crois pas. Il aurait réagi. En fait, elle a dû oublier. Tu connais les enfants : «Je veux être pirate. Je veux être astronaute» — ou, dans mon cas, sirène ou princesse.

— Est-ce que tu as joué à la princesse devant grand-papa?

— Juste une fois. J'avais trois ou quatre ans. J'ai mis le collier de perles et une camisole de maman, et j'ai couru dans le salon en criant : «Je suis la princesse Linda!»

— Il t'a frappée?

— Non. Mais il m'a poursuivie à l'étage, et quand je me suis cachée sous le lit, il m'a obligée à sortir avec un balai. Le lendemain, il m'a emmenée chez le coiffeur, qui m'a rasé la tête. Je lui en ai voulu pendant une éternité. Encore aujourd'hui, quand j'y pense…

J'hésite.

— Quand j'ai lu tes lettres, j'ai pensé que tu étais gai.

— Maman et papa l'ont cru aussi.

Teddi me regarde dans le rétroviseur.

— C'est difficile d'annoncer qu'on est une personne transgenre. Encore aujourd'hui… À l'époque, c'était encore pire. J'ai eu de la chance d'avoir quelques bons amis.

Elle sourit.

— D'autres questions?

— Eh bien, puisque tu me le demandes… Comment as-tu rencontré Wilf?

— Ha! Pendant un saut en parachute.

— Sérieusement?

— J'étais là pour gagner un pari, et lui, pour son anniversaire.

On continue à bavarder pendant le reste du trajet. Je parle pour oublier ce qui m'attend; Teddi parle parce que c'est dans sa nature. Le temps passe à toute vitesse et nous quittons l'autoroute. En traversant Woodstock, Teddi appelle maman et papa.

— On sera là dans vingt minutes, les prévient-elle.

Ma poitrine se serre.

— Teddi, je peux te demander une dernière chose?

— Je t'en prie.

— Ma seule tante, c'est tante Jess. J'aimerais bien en avoir une que j'aime. Je peux t'appeler tante Teddi?

— Bien sûr! Tu es ma nièce, après tout.

— Merci… tante Teddi.

Nous dépassons la sortie qui mène au pont, la ferme de Dylan, le parc, et nous nous arrêtons dans notre allée. On est à peine sorties de la voiture que maman et papa courent vers nous. Maman me prend dans ses bras.

— Zoé! s'exclame-t-elle. Dieu merci, tu vas bien!

— Ça va, maman? demande papa à Mamie.

— Très bien. Et toi?

Tante Teddi tend la main à maman et se présente :

— Teddi. Vous êtes Carrie?

— C'est moi, confirme maman, un peu nerveuse. On ne vous remerciera jamais assez de les avoir ramenées saines et sauves.

Elle serre la main de tante Teddi.

Waouh! C'est vraiment arrivé, ou je rêve?

— Je vous en prie, entrez prendre un café.

— Merci, mais vous avez besoin de vous retrouver entre vous, et maman est fatiguée. Si vous veniez plutôt souper ce soir à la maison des Oiseaux? Je commanderai des pizzas.

— On apportera la vaisselle et les couverts, propose maman.

— La maison des Oiseaux, répète Mamie en clignant des yeux. Il y aura sûrement des cambrioleurs…

Tante Teddi la prend par le bras.

— Raison de plus pour ne pas tarder…

Papa lui donne la clé, et nous les saluons de la main. J'attends les cris et les reproches, mais maman m'enlace et m'entraîne à la table de la cuisine. Je me lance :

— Bon, pour Toronto…

— On en parlera plus tard, m'interrompt papa. On est tellement soulagés que tu sois de retour à la maison. Et surtout, il y a autre chose. Zoé, on a besoin de savoir ce que tu as fait avant de t'enfuir.

— Peu importe ce que c'est, ma chérie. Dis-le-nous, s'il te plaît, m'implore maman. On ne se mettra pas en colère. Promis.

— Absolument. Promis! renchérit papa.

— Je ne sais pas de quoi vous parlez…

Ils échangent des regards perplexes. Puis maman dit :

— Hier soir, on a appelé la police pour dire qu'on vous avait retrouvées, ta grand-mère et toi. On leur a expliqué que vous étiez chez des membres de la famille, et on s'est excusés pour les ennuis qu'on leur a causés.

— Les policiers ont rappelé ce matin, enchaîne papa. Ils m'ont demandé de te conduire au poste dès que tu serais rentrée à la maison. Il y a une enquête en cours. Ils veulent te poser des questions.

— À quel sujet?

— C'est à toi de nous le dire. On n'a rien voulu leur demander. On avait peur de t'attirer encore plus d'ennuis.

— Nous te défendrons, ma chérie, assure maman, mais tu dois nous dire ce qui s'est passé. Il faut nous préparer.

— Je ne sais rien de rien. S'il s'est passé quelque chose, c'est Madi la coupable. Elle m'a sûrement piégée, comme d'habitude.

Maman et papa ont l'air vidés.

— Bon, eh bien, je suppose qu'on le découvrira sur place, dit papa en se levant comme pour aller à un enterrement.

Alors qu'on se dirige vers la porte, le téléphone de maman se met à sonner. Elle regarde qui l'appelle.

— Pas maintenant, Jess, murmure-t-elle.

Nous montons en voiture et nous nous rendons au poste de police.

J'aurais dû rester à Toronto.

40

Nous entrons dans le bureau du commissaire Lambert : des murs gris, un sol en vinyle, un bureau d'ordinateur, des chaises et un écran fixé au mur. Le commissaire, un grand type trapu aux cheveux gris gominés, n'est pas du genre souriant.

Maman et papa se présentent.

— Je suis content que tu sois revenue, me dit-il.

Mes lèvres bougent pour articuler un « merci », mais j'ai la gorge trop sèche pour que les mots puissent sortir. Le commissaire nous indique d'un geste les chaises devant son bureau. Je me retrouve assise entre papa et maman. J'enroule les jambes autour des pieds de la chaise et je me ratatine.

— Avant que vous lui posiez vos questions, nous voudrions savoir si Zoé a besoin d'un avocat, commence papa.

Le commissaire laisse planer un silence, comme si papa était tombé dans son piège.

— Pourquoi aurait-elle besoin d'un avocat? demande-t-il enfin. Que pensez-vous qu'elle a fait?

— Rien. Je ne sais pas. Je posais juste la question, répond papa, un peu tremblant.

Le commissaire se tourne vers à moi.

— As-tu parlé du pont à tes parents?

Le pont? Je suis prise de nausée.

— Non. Pas vraiment.

— C'est quoi, cette histoire de pont? intervient maman.

— Samedi soir, votre fille a été agressée sur le pont de McClennan Sideroad, dit le commissaire.

Maman et papa blêmissent.

— Nous avons reçu un appel du directeur de l'école à 8 h 45 ce matin, poursuit-il. Un élève a rapporté avoir vu une vidéo de l'agression, et il pensait qu'elle pouvait être liée à la disparition de Zoé. Nous l'avons récupérée à 9 heures et demie, et nous vous avons appelés aussitôt.

Il me regarde fixement.

— Savais-tu que la scène avait été filmée?

Je hoche la tête, embarrassée, honteuse.

— J'ai besoin de recueillir un maximum d'informations avant d'interroger tes agresseurs, m'explique-t-il. Peux-tu me parler de ce qui s'est passé avant que cette vidéo soit filmée?

Je contemple mes pieds.

— Ma cousine Madi m'avait invitée à une fête surprise pour Ricky, un garçon que j'aime bien, dis-je tout bas. Pendant que maman et papa étaient au lit, je suis sortie de la maison et je suis montée dans la voiture de son petit ami. Mais en fait, il n'y avait pas de fête. Madi et ses amis m'ont conduite jusqu'au pont, et ensuite, vous savez ce qui s'est passé.

— Ma chérie? murmure maman.

Papa et elle sont pétrifiés sur leurs chaises.

— Si vous voulez bien vous tourner vers l'écran, reprend le

commissaire.

Il lance la vidéo. Je ne regarde pas. C'est inutile. Je revois chaque seconde dans ma tête.

« *Qu'est-ce que tu vas faire?* »

« *Devine* ».

Maman et papa se raidissent.

« *Crache-moi dessus. Je suis une crotte d'oiseau* ».

Ils me passent chacun un bras autour des épaules.

« *Ça vole, une crotte d'oiseau?* »

Ils me prennent une main.

« *Lâche-la* ».

Ils la serrent si fort que ça fait mal.

« *Si tu parles à quelqu'un de ce qui s'est passé ce soir, on t'aura. Tu comprends? Tu ne sauras pas où, tu ne sauras pas quand, mais on te mettra dans la voiture et on finira ce qu'on a commencé* ».

J'entends des trucs nouveaux. Ça se passe dans la voiture, alors qu'ils s'en vont. Je regarde l'écran. Madi est tournée vers Katie et Caitlyn, assises sur la banquette arrière. Elle imite mes cris : « Au secours! Aaah! Je vais mourir! Aaaaaah! » Les autres rient et lui tapent dans la main. Fin de la vidéo.

— Chérie, ma chérie…, dit papa, comme s'il se réveillait d'un cauchemar.

— C'est bon, ça va.

— Non, ça ne va pas! déclare maman. Ce qu'ils ont fait… Oh mon Dieu… mon Dieu.

Ils me tiennent dans leurs bras comme si j'étais le joli service en porcelaine de maman. Non, plus que ça. Comme si j'étais la chose la plus précieuse et la plus importante au monde.

Maman m'effleure les cheveux de ses lèvres.

— Ma chérie, on aurait dû t'écouter. On aurait dû te poser des questions. On t'a rejetée.

— Tout ça, c'est notre faute, ajoute papa.

— On est désolés, ne cessent-ils de répéter.

Une vague d'émotion me submerge.

— Moi aussi, je suis désolée.

Je ne sais pas combien de temps on reste accrochés les uns aux autres. Tout ce que je sais, c'est que même si un jour, je deviens comme Mamie, je me souviendrai de ce moment jusqu'à ma mort.

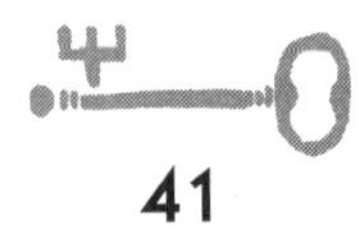

41

Quand on sort du poste de police, c'est presque l'heure du dîner. Maman consulte son téléphone dans la voiture. Elle a cinq messages vocaux de tante Jess.

Celle-ci et oncle Chad sont stationnés au bord de la route, devant chez nous. Ils sortent de leur véhicule au moment où on se gare dans l'allée. Lèche-bottes leur emboîte le pas. Elle devait être planquée sur la banquette arrière.

— Qu'est-ce qu'ils veulent? dis-je.

— J'imagine qu'ils ont reçu un appel de la police et qu'ils viennent s'excuser, dit maman. Regarde, Jess a apporté des fleurs. Il y a une première à tout.

— Tu n'es pas obligée de voir ta cousine si tu n'en as pas envie, me prévient papa.

— Il faudra bien que je la voie tôt ou tard. Autant en finir tout de suite.

— Ne dis rien, me conseille maman. Laisse-nous parler, ton père et moi.

Elle se tourne vers les Mackenzie avec son grand sourire d'église.

— Quelle bonne surprise.

Oncle Chad n'a pas apporté de vin, mais il pue le whisky à

plein nez. Lèche-bottes est grise comme du gruau; elle n'ose pas me regarder en face.

— Zoé, on est tellement soulagés que tu sois rentrée à la maison…, commence tante Jess.

Elle pousse les fleurs dans les bras de maman.

— Carrie, je t'ai laissé cinq messages. Où étais-tu?

— Bah, ici et là. Mon téléphone était éteint.

Tante Jess laisse échapper un soupir.

— Bien. On est contents d'arriver les premiers.

— De quoi vous parlez? demande innocemment papa.

Oncle Chad se dandine d'une jambe sur l'autre.

— On a appris quelque chose…, lâche-t-il.

Il a une haleine à faire cailler le lait.

— Ça a l'air sérieux, observe maman.

— Disons que ça nous a pris au dépourvu…

Lèche-bottes jette un regard nerveux vers l'autoroute.

— Entrez, entrez! fait maman. Un café? Des biscuits?

Ils secouent la tête en signe de refus. Nous nous asseyons à la table de la cuisine. Lèche-bottes prend place entre oncle Chad et tante Jess.

— Alors, qu'est-ce que vous avez appris? leur demande papa.

— Euh oui, donc…

Pour une fois, c'est oncle Chad qui transpire.

— Madi est rentrée de l'école ce matin, complètement terrorisée. La police a appelé vers 10 heures et demie. Il semblerait qu'il y ait eu un incident, samedi soir. Peut-être que Zoé vous l'a dit?

— Peut-être que *vous* pourriez nous le dire, suggère maman en souriant.

Tante Jess tripote ses perles.

— En fait, c'est un malentendu. Tout le monde va bien. Ce n'était pas vraiment utile d'en faire toute une histoire. Mais, eh bien…

— Eh bien, quoi? la presse maman.

— Samedi soir, Madi étudiait avec des amies quand un garçon les a invitées à sortir. Madi a appelé Zoé pour lui proposer de venir et… je suppose qu'elle les a rejointes.

Oncle Chad prend le relais :

— Le garçon avait dû consommer de l'alcool. Vous connaissez les garçons… Apparemment, il a tenu Zoé au-dessus d'un pont en lui faisant croire qu'il allait la laisser tomber. Bien sûr, c'était juste une blague stupide.

— Seulement, la scène a été filmée et maintenant, la police s'en mêle, l'interrompt tante Jess. Ils veulent qu'on amène Madi au poste cet après-midi pour l'interroger, vous imaginez un peu. On a pensé que ce serait bien d'avoir une petite discussion tous ensemble, avant que les choses dérapent.

Nous les regardons sans répondre.

— Avant que j'oublie, hé hé…, dit oncle Chad en se frottant les mains comme s'il voulait nous vendre un tracteur. Jess et moi y avons réfléchi et, ma foi, un salon de coiffure sur Main Street, c'est une bonne idée. On voudrait vous prêter l'argent.

— C'est quand même à ça que sert la famille, enchaîne tante Jess d'un ton enjoué.

Maman et papa continuent de les fixer en silence.

— Carrie? Tim?

— On a vu la vidéo, dit maman, froide et calme.

Lèche-bottes manque de s'étrangler.

— Je vous demande pardon? s'étouffe tante Jess.

— Quand vous êtes arrivés chez nous tout à l'heure, nous étions au poste de police, en train de regarder la vidéo.

— Vous pensiez vraiment pouvoir nous soudoyer? s'étonne papa. Vous pensiez qu'on se souciait plus d'un salon de coiffure que de notre fille?

— Et nous qui pensions que vous veniez pour vous excuser, s'esclaffe maman. Décidément, on est trop bêtes!

Elle se tourne vers Madi.

— Ce n'est pas la première fois que tu fais du mal à Zoé, n'est-ce pas? On l'a accusée de plein de choses, mais c'était toujours toi la coupable! La drogue et les condoms dans sa maison de poupée : ils étaient à toi, non?

— Tu as perdu la tête? s'exclame tante Jess.

Les yeux de maman la harponnent sur sa chaise.

— Ta fille a de qui tenir, Jess. Depuis qu'on est petites, tu m'as toujours pris ce que j'aimais, quand tu ne le tournais pas en ridicule. Tu as traîné ma famille dans la boue, et je t'ai laissée faire parce que je pensais que je le méritais. Eh bien, c'est terminé!

Le cou de l'oncle Chad est rouge brique.

— Pour qui vous vous prenez? hurle-t-il.

— Pour les parents d'une fille géniale, rétorque papa.

— Mais la police! hoquette tante Jess. Vous devez nous aider avec la police.

— On ne *doit* rien faire du tout, affirme maman.

— S'il te plaît, Zoé! gémit Lèche-bottes. Je suis désolée pour tout. La maison de poupée. Le pont. Tout!

— Madi, dis-je, très calme, si tu es vraiment désolée, tu changeras. Si tu ne l'es pas, tant pis pour toi.

— Mais il faut arrêter tout ça. Tu dois dire que c'était un jeu; qu'on faisait semblant.

— Pour que tu recommences avec quelqu'un d'autre?

— Je ne le ferai pas.

— Non, désolée.

Je la regarde bien en face.

— C'est comme ça.

Madi pâlit. Pendant une seconde, elle reste plantée devant moi, les yeux écarquillés, puis elle éclate en sanglots.

Tante Jess se lève de sa chaise, telle une montgolfière.

— Écoute, Carrie, dit-elle. Ça fait des années que je me retiens de parler de ton beau-frère secret… ou devrais-je dire ta belle *sœur?* Motus et bouche cousue! Je ne voulais pas être associée à cette histoire. Mais ma famille ne sera pas la seule à tomber. Maintenant, soit tu t'occupes de la police, soit je parle à toute la ville de votre *travesti*…

Papa bondit sur ses pieds.

— Tu es priée de traiter ma sœur avec respect!

Maman aussi est debout.

— Teddi a sauvé Zoé et Mamie, rappelle-t-elle. Elle a fait

plus pour la famille que tu n'en as jamais fait, et c'est une bien meilleure femme que toi.

— Maintenant, sortez de chez nous! commande papa en montrant la porte du doigt.

Les Mackenzie se ratatinent.

— On n'oubliera pas! promet l'oncle Chad, alors qu'ils se sauvent comme des voleurs.

— Nous non plus.

Papa ferme la porte derrière eux. Par la fenêtre, je les vois se précipiter vers leur voiture comme des rats d'égout.

— Qu'est-ce qu'ils vont faire?

Maman se frotte les mains.

— On s'en fiche.

42

Nous allons souper à la maison des Oiseaux en apportant vaisselle et couverts. Maman a aussi une bouteille de gel désinfectant dans son sac. Tante Teddi nous accueille à la porte.

— Je n'aurais jamais imaginé que la maison des Oiseaux puisse être dans cet état-là, chuchote-t-elle.

— On a fait ce qu'on a pu, se défend maman.

— Bien sûr! C'est un choc, c'est tout.

Tante Teddi nous invite à nous asseoir autour de la table de la salle à manger. Maman est visiblement soulagée qu'elle ait recouvert les chaises de serviettes de bain. Je prends place à côté de Mamie.

— Alors, comment s'est passée ta journée, maman? lui demande papa.

Mamie regarde tante Teddi.

— Dis-leur, toi.

— Eh bien, on a fait une sieste, explique tante Teddi. Puis on s'est promenées dans la maison et on a vu des choses. On a déniché le gant de baseball de Tim.

Mamie acquiesce.

— Il était bien caché, je ne sais plus où, mais on l'a trouvé.

— Puis on a trouvé mon diplôme d'études secondaires, un

gant de four qui ressemble à un hippopotame et l'ours en peluche de Tim, ajoute Teddi. Après, on est allés sur la véranda voir les nids d'oiseaux.

— J'adore mes nids d'oiseaux.

Sur ces entrefaites, le livreur de pizzas arrive. Tante Teddi le paie et apporte les boîtes sur table. Papa prononce le bénédicité, et on se met à table.

— J'adore ta coiffure, dit maman à tante Teddi.

— C'est facile à entretenir, répond-elle en souriant.

En mangeant la pizza, ils se racontent leurs vies : comment papa a rencontré maman et comment tante Teddi a rencontré Wilf. Puis ils évoquent leurs souvenirs d'enfance. Ça a l'air chouette d'avoir des frères et sœurs, malgré la différence d'âge.

— Et toi, maman, de quoi tu te souviens? demande papa.

— Quand j'avais dix ans, j'ai collé ma langue à une borne d'incendie gelée.

À la fin du repas, j'apporte l'album de papa et de tante Teddi quand ils étaient enfants. Il y a des photos prises pendant les vacances d'été à la maison des Oiseaux. Tante Teddi sur la pelouse, âgée d'une douzaine d'années, avec papa bébé dans ses bras, ou en train de le tirer dans un chariot. Puis on voit papa à sept ou huit ans, qui joue avec ses amis. Il y a aussi tante Teddi adolescente, assise avec Mamie sur la balancelle de la véranda.

Mamie montre du doigt chaque photo; elle hoche la tête et sourit.

Vous voyez, tante Teddi, maman, papa? C'est la maison de

Mamie. Sa vie. C'est ici qu'elle doit habiter.

Mamie commence à s'assoupir.

— Zoé, tu veux bien me border dans mon lit?

— Bien sûr!

Nous quittons la table. Je l'aide à se brosser les dents et je l'amadoue pour qu'elle accepte d'enfiler sa chemise de nuit et de quitter ses chaussures.

— Tu peux me chanter une berceuse? me demande-t-elle en tirant la couverture sur son menton.

Je lui chante celle qu'elle me chantait quand j'étais petite. Mamie la complète avec les mots que j'ai oubliés. Je l'embrasse sur le front.

— À demain, Mamie.

— À demain, ma puce.

En descendant l'escalier, j'entends qu'on parle de moi.

— Zoé est une jeune fille formidable, dit tante Teddi. Il faut la voir avec maman...

— Maman et Zoé font la paire, c'est sûr! s'esclaffe papa.

— Je ne connais pas beaucoup d'enfants qui pourraient faire la toilette de leur grand-mère, renchérit tante Teddi. Vous l'avez bien élevée.

— Elle, euh... nous, euh... bredouille maman, à la fois heureuse et confuse.

— Elle a fait la toilette de maman? s'étrangle papa, comme si changer une couche était un exploit.

— Elle lui a donné un bain, aussi, confirme tante Teddi.

— Bonté divine! Les soignants de Greenview n'ont jamais

réussi.

Teddi rit.

— Eh bien, il faut croire que Zoé sait comment s'y prendre. Vous avez une fille merveilleuse.

OK! Là, ça commence à devenir gênant! Je ne suis pas non plus la fille qui chuchote à l'oreille des mamies… Je descends l'escalier d'un pas lourd pour qu'ils m'entendent arriver.

— Ah, te voilà! s'exclame maman quand j'entre dans la salle à manger. Ta tante nous a dit beaucoup de bien de toi.

— Euh, merci…, dis-je en rougissant.

— De rien, répond tante Teddi.

Maman se lève.

— Bon, il est temps de rentrer. Merci encore pour Zoé, Grace, ce soir…

— C'est *moi* qui vous remercie.

Teddi sourit en nous raccompagnant à la porte.

— Ce retour à la maison ne s'est pas passé comme je l'avais imaginé. Grâce à vous, je me suis sentie la bienvenue. Et Tim, ça me fait tellement plaisir de te voir adulte.

Papa se tortille, mal à l'aise.

— Moi aussi, ça me fait plaisir de te voir. On n'aurait pas dû attendre aussi longtemps. Je me sentais coupable.

— Pourquoi? demande tante Teddi. Ce n'était pas ta faute.

— Quand tu m'as contacté, j'aurais dû le dire à maman.

— Je t'ai demandé de ne pas le faire.

— J'aurais dû le faire quand même. Mais j'avais peur de ce que penseraient les gens.

— On est ensemble maintenant, dit gentiment tante Teddi.

Papa acquiesce.

— Je suis tellement content que tu sois là.

— Moi aussi.

Pendant une seconde, ils se font face, les bras ballants. Puis d'un seul coup, ils s'enlacent. Ils se serrent fort.

43

À l'école, tout le monde sait pourquoi j'étais absente. Lèche-bottes et sa bande ont été suspendus; ils sont accusés de séquestration, mise en danger de la vie d'autrui et menaces de mort. C'est passé aux informations régionales : leurs noms n'ont pas été divulgués, mais toute la ville est au courant quand même.

Dans le couloir, deux adeptes de Lèche-bottes disent à Ricky que c'est à cause de moi si elles ont des ennuis, et lui reprochent d'avoir donné la vidéo au directeur.

— Vous voulez dire qu'à ma place, vous ne l'auriez pas fait? rétorque-t-il. Vous êtes vraiment des abruties!

Au dîner, il s'approche de ma table.

— Je peux m'asseoir avec toi? me demande-t-il.

— Bien sûr. Et merci, pour la vidéo.

— De rien. C'est Dylan qui me l'a montrée. J'étais trop dégoûté.

Il marque une pause avant de poursuivre :

— Alors, euh… Il paraît que tu as une tante?

— Oui. Et puisque tout le monde en parle, c'est vrai : ma tante Teddi est trans.

Il rougit.

— Et sinon, elle est comment?

— Géniale. Elle est à l'écoute des autres, et elle aime Mamie.

— Cool!

C'est là que je comprends que Ricky est un ami. Ce qui intéresse nos amis, avant tout, c'est de savoir qu'on est heureux. Il n'est pas le seul à se ranger de mon côté. Pendant tout le repas, les gens viennent prendre de mes nouvelles. Je n'aurais jamais cru que Madi avait autant d'ennemis; en fait, tous ceux qui rampaient à ses pieds parce qu'ils avaient peur d'elle.

Mes enseignants aussi sont aux petits soins avec moi. Ils me donnent des délais supplémentaires pour rendre mes devoirs, et le directeur me dit que sa porte m'est toujours ouverte. Comme si j'allais lui rendre visite. Ha! Ha! N'empêche, c'est gentil.

Pour l'instant, la vidéo n'est pas sur YouTube. Mais si ça arrive, c'est Madi qui devra avoir honte, pas moi.

***

Après les cours, je rentre à la maison à vélo. Ce soir, c'est nous qui organisons un souper, et je veux qu'il soit parfait. Quand j'arrive dans le salon, maman est en train de faire un shampooing à Mme Burke; Mme Carmichael est sous le séchoir, Mme Green et Mme Gibson attendent leur tour, et il y a tellement de filles dans le coin-repas que maman a apporté les chaises de la cuisine.

Elles me disent toutes qu'elles sont contentes de me revoir, même les dames que je connais à peine. Avant, je me moquais souvent d'elles… je ne le ferai plus, j'imagine.

— Cette cousine, dit Mme Green, ça prouve bien que…

— Dieu merci, votre tante était là, enchaîne Mme Burke.

— Vous êtes au courant pour tante Teddi?

— Les filles marchaient sur des œufs depuis ce matin, me confie maman. J'ai fini par leur demander : «Jess a parlé, c'est ça?»

— Allons, Carrie! À t'entendre, on croirait qu'on aime répandre des rumeurs, proteste Mme Gibson.

— Toi, Doris, répandre des rumeurs? la taquine maman. Jamais de la vie! Tu ne fais que rapporter des infos intéressantes.

— Admets qu'on ne voit pas réapparaître tous les quatre matins un parent perdu de vue depuis longtemps. On ne savait pas comment tu réagirais.

Maman me fait un clin d'œil.

— Enfin, bref, je leur ai dit : «Tout est vrai. Maintenant, allez chercher un café et une chaise.» Et je dois dire que je n'avais pas vu autant de monde au salon depuis des semaines.

— Ta tante Teddi a l'air d'être une femme au grand cœur, me dit Mme Greene.

Je confirme :

— C'est vrai. Et son mari aussi.

— Elle a un mari?

Hé! Hé! Maman ne leur a pas tout raconté…

— Oui : mon oncle Wilf. C'est un directeur d'école à la retraite. Comme tante Teddi travaille encore, c'est lui qui fait la cuisine et le ménage.

— Une perle! commente Mme Gibson. Quand je pense que je ne peux même pas demander à mon mari de ramasser ses sous-vêtements...

Mme Carmichael se réveille sous le séchoir. Quand elle me voit, sa mâchoire s'affaisse.

— ZOÉ! hurle-t-elle comme tout si le monde était aussi sourd qu'elle. TU ES REVENUE!

Je ne sais pas ce que les filles pensent au fond, mais maman a raison : ce ne sont pas seulement des clientes. Ce sont des amies.

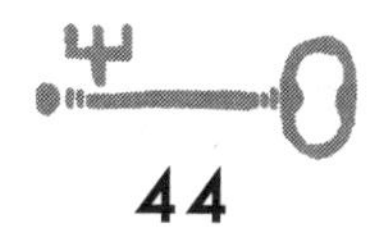

44

Après le départ des filles, on se prépare pour le souper. J'aide papa à monter le tapis du sous-sol. Puis il s'occupe du canapé-lit, pendant que je prépare la sauce à spaghetti avec maman. D'habitude, on l'achète toute faite, mais ce soir, maman veut faire bonne impression. Elle a même pris de la crème glacée Häagen-Dazs.

Papa en est à sa troisième chemise quand Mamie et tante Teddi arrivent avec leurs foulards assortis. Je pense que celui de Mamie va faire partie de son uniforme, désormais. Elle me tend les bouts à toucher.

— C'est doux comme un lapin, hein, ma puce?

Alors que nous entrons dans le salon, maman indique les draps qui recouvrent les séchoirs à cheveux.

— Désolée pour tout ça.

— Mais non, proteste tante Teddi. Quelles belles couleurs!

Le souper est plutôt agréable. Même Mamie est polie. Après leur départ, maman et papa se félicitent que tout se soit bien passé. Pour eux, c'était parfait. Sauf qu'on est vendredi soir. Demain, c'est le dernier repas de Mamie à la maison des Oiseaux. Dimanche matin, tante Teddi repart à Toronto, et Mamie va se retrouver enfermée à Greenview.

Pendant toute la nuit, je prépare mon discours. Je veux essayer de convaincre tante Teddi de parler à mes parents, pour qu'ils laissent Mamie vivre à la maison des Oiseaux. Je m'exerce jusque dans mes rêves. Dans l'un d'eux, je suis sur le perchoir d'une cabane à oiseaux; à côté de moi, tante Teddi picore des vers. Dans le dernier, je suis un oisillon qui tombe du nid. J'essaie désespérément de voler, mais je n'y arrive pas.

Je me réveille à l'instant où je m'apprête à toucher le sol. Il est 5 heures du matin.

Je me brosse les dents et je vais à la cuisine. Quand maman et papa se réveillent, leur café et leur gruau sont prêts.

— Chérie, tu n'étais pas obligée, dit maman.

— J'en avais envie.

Papa hausse les sourcils. *C'est pour que Mamie puisse rester à la maison des Oiseaux?* semble-t-il me demander.

Je lui fais mon regard de chiot. *Non.*

Il hoche la tête. *Parce que tu sais que la décision est prise.*

Je lui tends un verre de jus d'orange fraîchement pressé. *Je ne veux pas me disputer avec vous.*

— Merci, dit-il.

Après le déjeuner, je vais chez Mamie à vélo. Elle est avec tante Teddi près du mannequin dans la brouette.

— Tiens, serait-ce l'inspecteur Bird? s'exclame-t-elle.

On fait notre petit cinéma, puis je m'adresse à tante Teddi :

— Je vois que tu as fait la connaissance de Fred…

— Ah oui. On s'est même serré la main, me dit-elle avec un clin d'œil.

— Avant, il portait des costumes dans la vitrine de Tip Top Tailors. Je pense qu'il est plus heureux avec un bonnet de bain. En hiver, on lui met un vieux manteau. Pas vrai, Mamie?

— Oui, je crois.

Elle montre du doigt mon vieux camion en plastique.

— Tenez, venez voir ça.

Nous nous approchons du jouet. Je me rappelle la touffe d'impatiens violettes qui poussait dans la benne, quand Mamie entretenait encore le jardin.

— Ça devait faire un très joli pot de fleurs, observe tante Teddi.

— Toujours, dit Mamie. Les mauvaises herbes ne sont que des fleurs qui poussent au mauvais endroit.

En regagnant la véranda, nous nous arrêtons près de la gouttière.

— Il y avait des elfes ici quand j'étais petite, dis-je à tante Teddi. Ils me laissaient des bonbons.

— Ça alors, quelle coïncidence! s'exclame tante Teddi. Nous aussi, à Elmira, on avait des elfes dans la gouttière. N'est-ce pas, maman?

Mamie hoche la tête.

— Ces elfes sont une calamité. Ils déterrent les bulbes des tulipes.

Elle monte les marches.

— Oh là là, je crois que j'ai besoin de faire une petite sieste. Je serai sur le canapé si vous avez besoin de moi.

— D'accord.

Elle rentre. *Où seras-tu demain, Mamie? Est-ce que c'était ta dernière promenade dans le jardin? La dernière fois que tu vois les bains d'oiseaux et toutes ces choses que tu aimes?*

Nous nous installons sur la balancelle, tante Teddi et moi.

Et voilà. C'est l'heure du discours.

Je glisse les mains sous mes fesses pour les empêcher de trembler; je croise mes pieds pour ne pas les balancer. *Hier soir, j'ai trouvé une bonne phrase d'introduction. C'était quoi, déjà?*

— Alors, euh…

Réfléchis!

— Est-ce que c'est la conversation? demande tante Teddi.

— Pardon?

— La conversation que tu veux avoir avec moi avant que je reparte à Toronto?

— Comment tu as deviné?

Elle hausse les épaules.

— Demain est un grand jour. Tu veux t'assurer que tu as fait tout ce que tu pouvais. Et c'est bien : les regrets sont une chose terrible. Alors, s'il te plaît, dis-moi ce que tu as sur le cœur.

J'inspire à fond.

— Demain, tu rentres chez toi et Mamie retourne à Greenview, sauf si j'arrive à faire changer mes parents d'avis. Tu te souviens, à Toronto, quand j'ai dit que Mamie devait rester à la maison des Oiseaux?

Tante Teddi acquiesce.

— Maintenant, tu es là. Tu vois comme elle est bien ici. Ce

que ça signifie pour elle. C'est sa vie.

Elle acquiesce à nouveau.

Bien.

— Avant, tu disais que tu ne voulais pas nous aider, parce que Mamie faisait partie d'une autre vie. Mais depuis, les choses ont changé. Entre papa et toi aussi : même si vous n'êtes pas très proches, vous vous entendez bien.

— C'est vrai.

— Alors, ce soir, au souper, est-ce que tu pourrais dire à mes parents que la vie de Mamie est à la maison des Oiseaux, et que c'est là qu'elle devrait habiter?

Tante Teddi arrête la balancelle.

— Zoé, tu viens de faire une chose très importante. Tu as dit ce que tu pensais. Quoi qu'il arrive, tu peux être fière d'avoir défendu ta position.

S'il te plaît, ne dis pas ce que je pense que tu vas dire.

— Ce n'est pas ce que tu veux entendre, mais tes parents ont raison, poursuit-elle. Maman doit aller à Greenview. Tu le sais tout au fond de toi, n'est-ce pas?

J'avale péniblement ma salive.

— Mais c'est ici qu'elle est heureuse.

— Tu as raison, admet tante Teddi.

— Si elle est à Greenview, elle mourra à petit feu. Que dirais-tu si tu te réveillais chaque matin dans un endroit dont tu ne te souviens pas, entourée d'étrangers qui te disent ce que tu dois faire?

— J'espère que je serais reconnaissante à ma famille de

m'avoir mise dans un endroit où l'on s'occupe bien de moi. Le père de Wilf ne voulait pas aller en maison de retraite lui non plus, mais à la fin, il était ravi.

— Tant mieux pour lui. Mais ce n'est pas Mamie. Je veux dire… je veux bien croire que Greenview est un super-établissement, le personnel et tout, et peut-être que Mamie *devrait* y aller. Mais qu'est-ce que ça peut faire si elle préfère être morte?

— C'est une question de sécurité.

— Il n'y a pas que la sécurité dans la vie.

— Tu es jeune, répond-elle.

— Ça ne veut pas dire que j'ai tort. Tu aurais été plus en sécurité, toi aussi, si tu avais vécu comme un homme. Mais est-ce que ça aurait valu le coup?

— C'est différent, objecte tante Teddi. L'endroit où tu vis, ce n'est pas qui tu es.

— Non, mais c'est la même question : est-ce qu'on doit prendre des risques pour être heureux? Quand tu as fait ta transition, tu as risqué ta vie. Pas seulement avec les opérations chirurgicales, mais à cause de tous ces fous qui vous frappent, qui sont même prêts à vous tuer. Tu l'as fait parce que tu étais obligée, pour être heureuse. Pourquoi le bonheur de Mamie ne compte-t-il pas?

Teddi ne répond pas.

— Je ne m'attends pas à ce que tu changes d'avis tout de suite. Et peut-être que tu ne le feras jamais, dis-je tranquillement. Mais tu es ma tante préférée. La seule que je supporte. Promets-moi de réfléchir à ce que j'ai dit.

— Entendu, fait prudemment tante Teddi.

45

Ce soir, l'ambiance est censée être détendue à la maison des Oiseaux. Tante Teddi est allée à l'épicerie avec Mamie dans l'après-midi; elles ont acheté des salades au comptoir du traiteur. Maman a décongelé une marmite de chili con carne.

Pourtant, j'ai du mal à participer à la conversation; mon cœur est comme suspendu à un fil. Mamie hoche la tête et rit une demi-seconde après tout le monde. Le reste du temps, elle tripote sa nourriture et me fait des clins d'œil. *Oh, Mamie, si tu savais ce qui t'attend.*

Je l'accompagne à l'étage après le souper et je l'aide à se mettre au lit, pendant que mes parents et tante Teddi prennent un café en bas.

— Tu t'occupes mieux de moi que Mère, commente Mamie pendant que je la borde.

— Je fais ce que je peux.

Je l'embrasse sur le front, puis j'éteins la lumière et je descends l'escalier.

— Eh bien, retour à Toronto demain, soupire tante Teddi quand je me rassieds à table.

— On espère que tu as passé un bon moment avec maman, lui dit papa.

— Oui. Merci de nous avoir laissé du temps.

— À quelle heure voudriez-vous qu'on raccompagne Grace à Greenview? s'enquiert maman.

C'est maintenant ou jamais.

— À propos de Greenview...

Ils se figent.

— Attendez. Je vous promets de ne pas crier, ni rien. Mais s'il vous plaît, écoutez ce que j'ai à dire...

— Je pense qu'on le sait déjà, dit doucement papa.

— Non, là, c'est différent. Avant, je n'étais pas honnête avec vous. J'ai prétendu que Mamie allait bien. J'avais peur de ce qui arriverait. Je vous ai fait passer pour les méchants parce que je ne voulais pas regarder la vérité en face.

Maman et papa ont l'air surpris.

— Vas-y, dit papa. On t'écoute.

— Ce que j'ai fait, m'enfuir, c'était horrible. J'ai mis Mamie en danger. Le seul truc positif, c'est que j'ai vu à quel point Mamie avait besoin d'aide. J'ai vu ce que je pouvais faire ou non.

— Tu peux faire beaucoup de choses, affirme maman. Tante Teddi nous a dit que tu avais réussi à lui donner un bain et à lui changer ses couches. Tu peux être fière de toi.

— On ne peut pas en dire autant, ajoute papa. Même à Greenview, ça leur a posé des problèmes.

Je rougis, mais c'est vrai.

OK, alors comment dire...

— La chose dont Mamie a le plus besoin, c'est d'être

surveillée. Ce n'est pas possible chez nous, à cause du salon; ça causerait trop de problèmes. Mais si je vivais ici avec elle…

— Chérie, ce n'est pas possible, m'interrompt papa.

— Pourquoi? Avant, vous vous inquiétiez à cause de la drogue et des garçons, mais ce n'est plus le cas. Et je ne serais qu'à deux minutes de route…

Papa secoue la tête.

— Pas pendant la journée. Tu seras à l'école.

— Exact. Mais c'est là que tu interviendrais. Tu travailles presque tout le temps au téléphone. Au lieu de notre sous-sol puant, tu pourrais installer ton bureau dans le grand salon de la maison des Oiseaux. Mamie ne te dérangerait pas. Elle est tout le temps dans sa chambre, dans le petit salon ou sur la véranda. Après le travail, tu pourrais nous ramener à la maison pour souper, puis on rentrerait dormir. Je préparerais le déjeuner et le dîner…

— Et l'école? demande maman.

— Tes «filles» ont des enfants qui travaillent après l'école et le week-end. Moi, je serais gardienne de nuit.

Maman et papa se regardent. Ils hésitent.

— Écoutez, dis-je calmement, ce n'est pas une solution parfaite… rien n'est parfait, et peut-être que ce sera trop dur. Mais ici, au moins, Mamie sait où elle est. Ce n'est pas le cas à Greenview. Imaginez comme ça doit être effrayant. De plus, elle ne sort quasiment pas de chez elle. Juste un petit tour du pâté de maisons le soir des ordures. Si jamais elle se perd, c'est une petite ville, et son téléphone a un GPS.

— Mais la maison.

Papa respire bizarrement.

— Entretenir deux propriétés… le temps, le stress…

Tante Teddi s'éclaircit la gorge.

— Je me rangerai à ton avis quoique tu décides, Tim, mais pour information, Wilf et moi serions heureux de nous charger de l'entretien de la maison, en faisant venir régulièrement une équipe de nettoyage. On peut aussi embaucher une aide supplémentaire.

— J'apprécie ton offre, dit papa, mais on n'a pas besoin de la charité.

— Ce n'est pas de la charité. Jusqu'à maintenant, c'est Carrie et toi qui avez tout fait pour maman. Ce n'est pas juste. J'ai du retard à rattraper, et je voudrais aussi la voir plus souvent. Si vous décidez de faire une tentative dans ce sens, je viendrai passer deux week-ends par mois avec elle, pour vous permettre de respirer.

— Merci. Ce serait bien si…

Papa s'interrompt et fronce les sourcils.

— On a besoin d'une minute pour réfléchir, déclare maman.

Elle l'entraîne sur la véranda.

Que va-t-il se passer? Si je continue à me ronger les ongles, je vais me retrouver avec des moignons.

— Tu veux un biscuit? me propose tante Teddi.

— Non, merci.

— Prends-en un quand même.

Maman et papa reviennent cinq biscuits plus tard. Ils

s'asseyent et se regardent, comme s'ils avaient tout décidé, sauf qui est censé prendre la parole. Maman s'éclaircit la gorge. Rien. Papa l'imite. Toujours rien.

— Bon…, commence maman. Zoé, on a réfléchi à ce que tu nous as dit. Et on est contents que tu ne te sois pas fâchée.

— Très contents, approuve papa.

Silence. *J'attends le «MAIS».*

— Mais…

J'en étais sûre!

— Mais ce que tu nous proposes nous met mal à l'aise.

— *Très* mal à l'aise, souligne papa.

Maman secoue la tête.

— S'il te plaît, ma chérie, essaie de comprendre : ce n'est pas qu'on ne te fait pas confiance. C'est juste que c'est une grosse charge. Plus grosse que tu ne l'imagines.

— D'un autre côté, tu sais vraiment t'y prendre avec ta grand-mère, poursuit papa. Elle fait ce que tu lui demandes, et vous adorez passer du temps ensemble. Seulement, vous imaginer seules…

Je m'effondre sur mon siège.

— Alors c'est non.

— On n'a pas dit ça.

— Mais vous le pensez. Vous ne voulez pas que je dorme ici.

— On ne veut pas que tu dormes *seule* ici, précise papa. Mais avec ta mère, on a envisagé une autre possibilité. On n'a pas eu beaucoup de temps pour y réfléchir, alors c'est peut-être complètement fou, mais…

Papa fait craquer ses articulations. Je me consume d'impatience.

— Dites-moi!

— OK… La maison des Oiseaux est la maison de ta grand-mère. Mais, comme tu le sais, c'est aussi la mienne. C'est là que j'ai vécu, de l'âge de sept ans jusqu'à ce que j'épouse ta mère.

— Depuis quelque temps, on voulait déménager le salon de coiffure, ajoute maman. On voulait avoir une vraie maison familiale, un endroit où l'on pourrait inviter des amis sans être gênés.

Papa acquiesce.

— On réfléchissait à la possibilité d'ouvrir un salon en ville. Mais comme Teddi est prête à prendre en charge le ménage et une aide supplémentaire, et comme tu t'en sors mieux que le personnel de Greenview avec ta grand-mère, on a eu une idée. Et si le salon restait où il est et que nous élisions domicile à la maison des Oiseaux?

Mon cerveau tourne comme une laveuse en cycle d'essorage.

— On compterait sur toi pour convaincre ta grand-mère, dit maman. Elle ne veut sûrement pas me voir ici. Elle a été très dure.

— Mamie t'aime bien, maman. C'est juste qu'elle ne supporte pas que tu la commandes.

Maman se rassied sur sa chaise.

— Je ne la commande pas.

— Peut-être pas, mais elle t'a entendue dire qu'elle ne pouvait pas continuer à vivre comme ça. L'idée de devoir quitter sa maison lui fait très peur. C'est pour ça qu'elle se bat. Si tu veux bien qu'elle reste ici, elle sera plus gentille avec toi. Promis.

— J'espère, dit maman. Parce que, dans ce cas, ça pourrait être une solution.

— On pourrait faire l'essai pendant un mois. Voir comment ça se passe, suggère papa.

— Maman! Papa!

Ce que je dis ensuite est trop embarrassant pour qu'on s'en souvienne.

46

Le dimanche matin, on est tellement débordés qu'on manque la messe. Tante Teddi, maman et ses amies les plus proches font un grand ménage dans la cuisine, la salle à manger, la salle de bains et les toilettes de la maison des Oiseaux. Pendant ce temps-là, plusieurs amis de papa viennent avec leurs camionnettes pour débarrasser la chambre d'amis, le grenier, le sous-sol, le porche de derrière, et d'autres endroits que Mamie ne verra pas.

Mamie et moi restons à la maison. Nous feuilletons ses albums et je scanne ses photos préférées pour en faire un diaporama sur la tablette électronique. De temps en temps, Mamie soupire :

— C'est vraiment dommage que tu n'aies pas grandi à la maison des Oiseaux.

— Que dirais-tu si j'y emménageais maintenant?

— Je dirais que tes parents ne seraient pas contents.

— Et s'ils venaient aussi? Imagine que papa habite avec toi, comme au bon vieux temps?

Mamie sourit.

— Je le revois encore sur la balançoire accrochée à l'érable, ou en train de jouer au baseball avec ton grand-papa.

— Alors, c'est oui?

— Oui quoi?

— Tu veux bien que papa vive avec nous à la maison des Oiseaux?

— Ta mère ne le laisserait jamais déménager, affirme Mamie. Entre nous, elle ne m'aime pas. Elle voudrait bien me coller dans une maison de retraite. Ha!

— Et si elle avait changé d'avis? Est-ce qu'elle pourrait habiter avec nous si je vivais avec toi?

Mamie applaudit.

— Si tu vivais avec moi, elle pourrait faire ce qui lui chante.

On répète cette conversation jusqu'à ce que Mamie s'endorme sur le canapé. J'en profite pour boucler ma valise. Puis tante Teddi nous emmène souper dehors, et mes parents font leurs bagages.

En arrivant à la maison des Oiseaux, j'aide Mamie à se mettre au lit, pendant que papa et maman déballent leurs affaires. Tante Teddi vient lui souhaiter une bonne nuit.

— C'est Teddi, maman, dit-elle en lui embrassant le front. Je reviens le week-end prochain.

— Teddi.

Mamie sourit.

— Qui est-ce que j'entends dans la chambre d'amis?

— C'est maman et papa. On fait une soirée pyjama.

— Oh, quelle bonne idée! J'avais peur que ce soit ton grand-père. Il faut qu'il reste sur le canapé.

***

Mes parents affirment que tout va bien, que c'est normal

qu'il y ait de petites frictions, au début. N'empêche, on frôle plusieurs fois l'incident diplomatique. Jusqu'à la fin de la première semaine, il n'y a pas d'accès Internet à la maison des Oiseaux. Sans son ordinateur, papa tourne en rond. Et quand Mamie surprend maman en train de déplacer des trucs dans le petit salon, elle l'appelle « Mademoiselle Ferguson ».

— Maman essaie juste de t'aider, dis-je.

— Ah bon? pouffe Mamie.

Je la prends à part et je lui glisse à l'oreille :

— Mamie, excuse-toi, s'il te plaît. Fais-le pour moi.

— Désolée, grommelle Mamie, mais on voit bien qu'elle n'en pense pas un mot.

J'en profite pour rappeler à maman les termes du contrat : elle peut faire ce qu'elle veut dans la cuisine, mais le petit salon et le jardin de devant, c'est zone interdite.

Paniquée, j'appelle tante Teddi avec Skype.

— Ils vont vouloir arrêter!

— Détends-toi, me conseille-t-elle. Tes parents ont envie que ça marche.

— Tu le crois vraiment? dis-je d'une voix suraiguë.

— Oui. Le plus longtemps possible.

— C'est à dire jusqu'à demain.

— Ton père s'est engagé pour un mois. Il tiendra parole.

— Salut, Zoé!

Oncle Wilf me fait coucou à l'arrière-plan. Je lui rends son salut en me forçant à sourire.

— On vient ce week-end, me confie tante Teddi. Tes parents

pourront se reposer un peu. Les pauses, ça fait du bien.

C'est vrai. Mais il y a aussi d'autres choses qui détendent l'atmosphère. Une fois Internet installé, papa a une révélation : non seulement c'est plus agréable de travailler devant une fenêtre qu'en face du mur de la cave, mais en plus, il se concentre mieux sans le bruit des sèche-cheveux.

Quant à maman, elle met en application mon conseil le plus important : « Ne contredis pas Mamie. Souris et distrais-la. »

Mamie se détend. Elle passe presque tout son temps assise sur la balancelle, ou à faire la sieste sur le canapé. Les rares fois où elle s'aventure dans le bureau de papa, on dirait qu'elle a oublié qu'il a quitté la maison un jour. Le seul truc qui nous rend dingues, c'est qu'elle répète tout le temps les mêmes choses. Quand on craque, on lui donne la tablette avec le diaporama. L'effet est immédiat. Elle s'assied, toute joyeuse, et se replonge dans le passé; son expression change à chaque photo.

* * *

Je sais que papa et maman sont rassurés le soir où ils me demandent l'autorisation de sortir, une fois Mamie couchée. Je m'esclaffe :

— Pfff! Vous serez à deux minutes d'ici.

Naturellement, la première heure, maman m'appelle un million de fois.

— Tout va bien? me demande-t-elle.

Je la taquine :

— Non, la maison est en feu.

— Tu n'as besoin de rien?

— Une échelle pour sortir Mamie par la cheminée.

— Ce n'est pas drôle. S'il te faut quoi que ce soit…

— Ce dont j'ai vraiment besoin, c'est de paix et de calme.

— Mamie te dérange?

— Non. C'est juste que le téléphone n'arrête pas de sonner.

— Oh. D'accord. Désolée. Je t'aime, ma chérie.

C'est mignon de voir comme ils sont persuadés que j'ai besoin d'eux. OK, ils n'ont peut-être pas complètement tort. Mais à nous trois, plus tante Teddi et oncle Wilf, on maîtrise la situation.

* * *

Un mercredi, quelques mois après le déménagement, on est en train d'arranger la cravate de Fred dans le jardin quand Mamie lève la tête vers le ciel.

— Ils disent que chaque étoile est un ange qui attend de naître, déclare-t-elle.

— Qui ça, « ils »?

— Tu sais bien, répond Mamie comme si j'étais idiote, les gens qui écrivent les cartes de bébés.

— Imagine si c'est vrai : tous ces anges qui regardent la maison des Oiseaux.

— Ils ont bien raison. La maison des Oiseaux est la plus belle maison du monde. C'est là que je vis. C'est là que je vais mourir, aussi.

— C'est vrai, Mamie. Mais pas avant longtemps.

— Très, très longtemps.

ÉPILOGUE

La vie est un livre d'histoires. Nos histoires dépendent de ce qui se passe ou pas; de ce que nous savons ou pas; de ce que nous oublions, et pourquoi. C'est ce qui rend la vérité difficile à raconter. Parce que le passé ne reste jamais immobile : il change au fil du temps.

J'aime terminer l'histoire de Mamie et moi quand nous regardons les étoiles dans le jardin. C'est une fin heureuse, et vraie. Mais ce n'est pas la seule. Parfois, mon esprit continue à dériver, et l'histoire n'est pas aussi facile. Dans ces moments-là, je me souviens d'une fin comme ça :

L'état de Mamie est resté stationnaire pendant encore six mois. Elle s'habillait toute seule; je l'aidais juste à enfiler ses manches, à mettre ses chaussettes et attacher ses lacets, et elle arrivait aux toilettes à temps. Vive les pantalons molletonnés!

Il y a eu des moments difficiles, bien sûr, mais elle me disait : «Tu es tellement gentille avec moi». Je lui répondais : «C'est tellement facile d'être gentille avec toi», et je me sentais si pleine de tendresse que je n'aurais échangé ma place pour rien au monde.

Maman et papa étaient incroyables. Tante Teddi aussi. Elle

nous appelait avec Skype presque tous les jours et elle venait avec oncle Wilf un week-end sur deux pour nous permettre de souffler.

— Tu as déjà pensé à travailler avec des personnes âgées quand tu seras grande? m'a-t-elle demandé. Tu as un don.

Ça m'a donné envie d'apprendre encore plus de choses sur Mamie, et de travailler encore plus dur à l'école, qui, soit dit en passant, était beaucoup plus amusante.

D'abord, Madi n'est jamais revenue. Après avoir terminé son travail communautaire (ramasser les ordures sur Main Street), elle est allée en pension. D'après tante Jess, notre école n'était pas d'un assez bon niveau. Tiens donc! Ricky et moi sommes devenus amis. Rien de plus, mais c'était bien. Je n'avais pas le temps d'avoir un petit ami à l'époque.

Mamie a commencé à parler davantage de ses parents et de ses grands-parents. Pas au passé, mais au présent et au futur. « Si tu ne me vois pas demain, c'est parce que grand-père Avis m'a emmenée à la ferme », disait-elle souvent. Ou bien « Mère vient souper. Il faut que je fasse de la crème brûlée ».

Elle s'embrouillait aussi à propos de maman, qui lui coupait les cheveux et les ongles. Parfois, elle l'appelait Mona. Tante Teddi nous a expliqué que c'était le nom de sa coiffeuse à Elmira. Je me souviens d'avoir eu peur qu'à un moment donné, elle me confonde, moi aussi.

Un jour, alors que je rentrais de l'école, elle s'est mise en colère contre moi :

— Pourquoi tu ne viens jamais me rendre visite?

Ça m'a fait l'effet d'un coup de poing dans le ventre.

— Mais si, Mamie. Je suis là tous les jours.

— C'est ce que tu dis.

Je suis allée chercher un nid d'oiseau sur la véranda. Elle était si contente qu'elle en a oublié sa colère.

— Tu es si gentille avec moi, a-t-elle dit.

— C'est tellement facile d'être gentille avec toi.

Tout allait plus ou moins bien, jusqu'à ce qu'elle se cogne le genou contre le piano. Le médecin a dit que rien n'était foulé ni cassé, mais elle a commencé à boiter. Ça ne l'empêchait pas de se déplacer; comme avant, elle passait d'un meuble à l'autre en les utilisant comme supports. Mais l'escalier lui posait un problème.

Elle semblait le savoir aussi. Sans qu'on le lui dise, elle a commencé à monter et descendre sur le derrière, une marche à la fois. Comme sa peau était très fine, les frottements lui ont mis le coccyx à vif. On lui a appliqué de la pommade et des bandages, mais on avait peur que ça s'infecte. Papa a proposé d'installer une barrière, comme pour les enfants. J'ai refusé. Elle aurait essayé de l'enjamber, au risque de se blesser.

Pour la première fois, je me suis demandé si elle ne serait pas mieux à Greenview. On a fait une réunion de famille et conclu que Mamie ne pourrait pas être heureuse ailleurs qu'à la maison des Oiseaux. Si le pire se produisait, au moins, elle mourrait chez elle, comme elle le souhaitait. Puis on s'est demandé si on se le pardonnerait. Et finalement, on s'est dit qu'on ne devait pas penser à nous.

Parfois, il n'y a pas de bonne réponse. Ce sont les moments les plus difficiles.

J'ai tenté une expérience. Mamie faisait déjà la sieste sur le canapé, alors j'ai installé ses photos sur la table basse, comme si c'était son lit. Et là, elle a eu un déclic. Comme grand-papa, elle a arrêté d'utiliser l'escalier. Le salon est devenu sa chambre à coucher.

Sans l'escalier, Mamie ne faisait plus beaucoup d'exercice. Moins elle bougeait, moins elle y arrivait. Tante Teddi a loué un lit d'hôpital à hauteur réglable et a organisé la visite d'une infirmière le matin et le soir.

On a fait une nouvelle réunion de famille, avec le médecin cette fois. J'ai commencé à envisager la vie sans Mamie. Quand elle regardait le diaporama, son expression ne changeait plus. Elle me souriait encore, mais elle ne parlait plus beaucoup.

Nous avons décidé de demander aux médecins de ne pas réanimer Mamie si son cœur s'arrêtait. Cette idée me faisait mal au ventre, mais le docteur m'a expliqué que la réanimation ne fonctionnait presque jamais avec les personnes âgées. On leur fêle les côtes, on perce leurs organes. Les gens meurent dans d'atroces souffrances. On ne voulait pas de ça pour Mamie.

J'ai continué à étudier à son chevet. Quand j'avais besoin de faire une pause, j'appliquais de la crème hydratante sur sa peau pour qu'elle ne se déchire pas, et je la faisais rouler sur le côté pour éviter les plaies de lit. On l'a tous fait. Je ne pense pas qu'elle s'en soit aperçue.

Je devais être épuisée, mais je m'en souviens à peine. Je me rappelle surtout que je me sentais comblée d'avoir quelqu'un comme Mamie, de pouvoir m'occuper d'elle.

Le plus difficile, c'était de la faire manger. Elle était maigre comme un clou. Avant, on faisait un jeu : elle prenait une bouchée en même temps que moi. Quand elle a arrêté de soulever sa cuillère, j'en ai essayé un autre : la cuillère, c'était moi qui venais à la maison des Oiseaux. Sa bouche, la porte qui s'ouvrait pour me laisser entrer.

À la longue, la porte d'entrée ne s'ouvrait plus que pour quelques cuillerées de compote de pommes et de soupe par jour. Elle détournait la tête. J'étais bouleversée. Je me souviens du jour où je lui ai dit : «Mamie, si tu ne manges pas, tu vas mourir.»

Elle m'a souri, comme si elle comprenait ce que je disais, et peut-être que c'était le cas, mais elle n'a pas répondu. Elle ne parlait plus. La fois suivante, quand j'ai approché la cuillère de ses lèvres, elle a serré les dents et tourné la tête.

Le médecin a dit que personne ne pouvait la forcer à manger, à moins de la mettre à l'hôpital et de la nourrir avec des tubes. Personne ne voulait être aussi cruel, surtout lorsque le médecin a dit : «Même là, ce ne sera pas long.»

Le directeur m'a donné la permission de manquer les cours. J'ai pris de quoi faire mes devoirs pour la semaine suivante, mais les profs m'ont dit de ne pas m'inquiéter. Ils comprenaient.

Je me suis installée près du lit de Mamie et j'ai essayé d'étudier, mais c'était difficile de ne pas savoir combien de temps j'allais encore pouvoir le faire.

Tante Teddi et oncle Wilf sont arrivés. Ils s'asseyaient près de Mamie à tour de rôle, avec mes parents. Moi, je restais tout le temps sur un fauteuil inclinable. Papa m'a conseillé de monter dormir.

— Je ne peux pas. Je dois rester ici.

— C'est bon, ma chérie, a dit maman. Ta grand-mère ne se rend pas compte qu'on est là.

— Tu n'en sais rien.

Les lèvres de Mamie étaient très sèches. On les humectait avec des cure-oreilles en mousse trempés dans de l'eau sucrée, et on rafraîchissait son front avec une lingette humide. Le reste du temps, on lui tenait la main et on lui répétait les histoires qu'elle nous avait racontées sur son enfance. On lui parlait des choses merveilleuses qu'elle avait faites pour nous, et on lui disait qu'on l'aimait.

Parfois, c'était difficile de savoir si Mamie respirait encore. Elle s'arrêtait pendant une éternité, puis elle recommençait. Ça faisait un bruit horrible.

C'est arrivé un samedi matin. J'étais seule avec Mamie. Ma main était sous la sienne; elle avait les yeux fermés.

— Mamie, lui ai-je dit, je ne sais pas si tu peux m'entendre, mais je veux que tu saches qu'il n'y aura plus jamais personne comme toi, et que je t'aimerai toujours, quoi qu'il arrive, comme tu m'aimais.

Il y a eu un silence, et soudain, Mamie a ouvert les yeux. Elle m'a fixée. Elle m'a vue. Elle m'a reconnue. J'en suis sûre. Elle a serré fort ma main.

— Mamie. Je suis là.

Sa bouche s'est entrouverte.

— Brûlée.

Puis un rideau est tombé derrière ses yeux. Elle était partie.

Je n'ai pas pleuré. Pas à ce moment-là. Je lui ai juste embrassé le front et je suis restée assise près d'elle, à caresser sa main avec mon pouce. J'avais l'impression qu'elle était encore dans la pièce.

— Mamie, je suis là. Ne t'inquiète pas. Je vais m'assurer que tout se passe bien.

Puis j'ai appelé les autres. Leurs yeux se sont emplis de larmes, mais c'est tout. C'était un tel soulagement. Papa a téléphoné au salon funéraire. Le lendemain, Mamie était prête pour la crémation. J'ai vérifié qu'ils lui avaient bien mis sa robe écossaise et son sac à main rouge sur l'épaule; tante Teddi a gardé son foulard, comme Mamie l'aurait voulu. Je lui ai mis une photo de nous tous dans les mains.

Mamie avait l'air aussi paisible que quand elle faisait la sieste sur le canapé. Je lui ai caressé les cheveux. Elle n'était plus là, mais j'ai tout de même chuchoté :

— C'est bon, Mamie. Je m'occuperai de toi jusqu'à la fin.

J'ai dit à maman et papa que je voulais être présente à la crémation. Ils n'étaient pas sûrs de pouvoir le supporter. Je les ai rassurés : je comprenais qu'ils préfèrent rester à la maison, mais moi, je devais être là pour vérifier que tout se passait bien. Finalement, ils ont décidé de m'accompagner. Tante Teddi aussi. Après, ils étaient heureux de l'avoir fait.

L'opérateur était très gentil. Il a glissé le cercueil de Mamie dans la chambre et fermé la porte. On a dit une prière. Puis le moment est venu. J'ai demandé si je pouvais lancer le processus. Il a accepté. Quand j'ai appuyé sur le bouton, j'ai eu l'impression que Mamie me disait merci. Maintenant, elle serait toujours avec moi, partout, tout le temps.

De retour à la maison des Oiseaux, nous avons dispersé les cendres de Mamie autour des bains d'oiseaux et des mangeoires, et au fond de la gouttière des elfes. Je n'aurais pas pu imaginer mieux.

***

Je pense souvent à l'histoire de Mamie, à ses histoires. Je me pose des questions sur celles que je ne connaîtrai jamais, celles qui sont arrivées avant ma naissance. Je pense aussi à mes histoires : celles que Mamie ne connaîtra jamais; celles que même moi, je ne connais pas encore.

Je pense surtout aux histoires que nous avons partagées : celles qui me traversent l'esprit comme un morceau de musique qu'on n'oublie jamais.

Mamie me manque. Elle me manquera toujours. Mais ça ne me rend pas triste. Au contraire. Et je m'étonne d'être avec elle chaque fois que je pense à elle, même quand je suis seule.

REMERCIEMENTS

Un grand merci à Karen McGavin et Bruce Rivers de Covenant House, James O'Donnell de Artatorture Tattoo Studio, Jo Altilia de Literature for Life, Connie Vanderfleen du Community Care Access Centre, au docteur Sam Munn, au Conseil des arts du Canada, au Conseil des arts de l'Ontario, à Chloe Sackur, Michelle Anderson, Julie Neubauer et, comme toujours, à Daniel Legault et à maman.

Une discussion avec
ALLAN STRATTON

D'où vous est venue l'idée originale de *Point de retour?*
J'avais écrit quelques pages du journal intime d'une adolescente pour un roman destiné aux adultes. J'aimais tellement ce personnage vulnérable et à cran que j'ai eu envie de le connaître davantage.

Comment le livre s'est-il développé?

C'est passé par des tonnes de conversations avec mon éditeur, Charlie. Les grands éditeurs sont comme les grands professeurs : ils vous disent ce que vous avez besoin d'entendre, que cela vous plaise ou non.

Les personnages de Mamie et de Teddi n'existaient pas dans la première version. Zoé fuguait seule et son histoire suivait le fil de ses rencontres. Elle était en colère, mais seulement envers elle-même. À mi-chemin, mon éditeur et moi avons compris qu'il manquait quelque chose au livre : une relation qui en formerait le noyau, l'essence. Au cours d'une séance de remue-méninges, j'ai pensé à ma mère, décédée de la maladie d'Alzheimer, et qui avait détesté l'idée d'aller dans une maison de retraite. Soudain, Mamie est née, et tout s'est mis en place.

Si la relation entre Zoé et Mamie est basée sur votre relation avec votre mère, quelle est la part de vérité dans le roman?

Comme Zoé le dit à la fin, la vérité est une pente glissante. Je dirais que c'est vrai sur le plan émotionnel et dans certains détails et dialogues, mais pas dans l'intrigue globale.

Comme Zoé, j'étais la seule personne en qui maman avait confiance. Quand elle se mettait en colère, je me demandais pourquoi je serais contrarié si j'étais à sa place. J'imaginais comment je réagirais si des inconnus me réveillaient et essayaient de me déshabiller pour me donner un bain. Pourquoi voudrais-je avoir de la compagnie en allant aux toilettes? Pourquoi ne voudrais-je pas qu'un médecin me pose de questions? Quand on voyait les choses de son point de vue, tout paraissait parfaitement logique.

Un exemple de scène authentique : je suis allé à la crémation, j'ai vérifié que son cercueil était bien droit et j'ai appuyé sur le bouton. Je m'étais battu pour maman pendant des années, comme elle s'était battue pour moi quand j'étais petit. C'était une chose que je voulais et que je devais faire. Je suis très heureux de l'avoir fait. Et, comme le dit Zoé, elle est toujours avec moi, partout, tout le temps.

***Point de retour* n'hésite pas à aborder de grands thèmes comme le dysfonctionnement familial, le harcèlement et la discrimination. Commencez-vous par vous intéresser à**

des thèmes? Y a-t-il des idées particulières que vous voulez transmettre?

Non, je ne pense qu'au personnage et à l'histoire. Les thèmes émergent eux-mêmes, et non l'inverse. Je compare ça à une course à pied : on se concentre sur la ligne d'arrivée; la sueur qui coule est un sous-produit naturel. Pour moi, l'histoire, c'est la course; les thèmes en ressortent tout seuls.

Cela dit, j'appelle mes livres mes « bébés cérébraux », parce qu'ils sortent de ma tête et ce qui sort de la tête de quelqu'un est lié à son expérience. Ainsi, les histoires et les personnages que je crée sont toujours enracinés dans ma vie. C'est pourquoi, je suppose, les thèmes de mes romans sont les thèmes de ma vie. Tout ce qui est transmis est inconscient; cela dépend de l'interprétation que font mes lecteurs de ma façon de voir la vie.

Vous avez commencé votre carrière comme acteur et dramaturge. Cela vous influence-t-il dans l'écriture de vos romans?

Absolument. Écrire à la première personne, c'est comme écrire un monologue. J'improvise en me mettant à la place de chaque personnage, dans chaque scène, et je me demande : « Qu'est-ce que je veux? Que vais-je faire pour l'obtenir? » Les bons jours, je n'ai même pas l'impression d'écrire; les personnages parlent, et je ris, j'ai peur ou je pleure à cause de ce qu'ils disent... parfois des secrets que je n'avais pas soupçonnés. Ces jours-là sont magiques.

Un conseil pour les jeunes écrivains?

Premièrement : lisez, lisez, lisez. Écrivez, écrivez, écrivez.

Deuxièmement : en cas de doute, coupez. Les jardins sont tellement plus jolis quand ils sont désherbés.

Troisièmement : lisez votre travail à voix haute. En privé, ça aide à repérer les erreurs et à trouver le bon rythme. Avec des amis, cela permet de savoir quelles parties fonctionnent bien et lesquelles endorment les gens!

À PROPOS DE L'AUTEUR

Allan Stratton est l'auteur de renommée internationale du roman *Les chiens,* grand gagnant du prix Red Maple. Il a aussi écrit *Le secret de Chanda,* un livre sur la liste d'honneur Michael L. Printz et dont l'adaptation cinématographique, *Life Above All,* a remporté le prix François Chalais au Festival de Cannes. Allan a également gagné le prix « Livre pour enfants de l'année » pour son roman *La malédiction de la sorcière des songes,* et son œuvre *L'apprenti pilleur de tombes* a été mise en nomination pour le Prix littéraire du Gouverneur général.

Allan a fait des safaris en Afrique. Il a marché le long de la Grande Muraille de Chine, a exploré les pyramides d'Égypte, a rampé dans les tunnels du Viêt-cong au Vietnam et a survolé en ballon la Cappadoce, en Turquie. Il a aussi visité Machu Picchu, l'Île de Pâques et des temples en Thaïlande et au Cambodge, a skié dans les Alpes, a parcouru l'Arctique et a nagé avec des requins.